お母さん、死んでくれてありがとう

自分を取り戻す旅

友乃美雪
TOMONO Miyuki

文芸社

ついに、その日が来た。子供の頃から待ちわびてきた日が。

母が逝った。享年八十七歳。

その日が来たら、赤飯炊いて祝ってやろうとか、喜びの感情が出てくるのかと思っていたが、そうでもなく、何かこれからのことを考えると不安な重苦しい気持ちがあった。

しかし、「もうこれで終わり。解放される。やっと終わった」という気持ちが大きかった。悲しみはない。これで家族全員あの世に行って終わったと。

私の家庭の事情を知る人たちは、「長い間お疲れ様でした」「よかったね」と労《いたわ》ってくれた。事情を知らない人たちは、通り一遍の「ご愁傷様でした」「さぞや悲しいことでしょう、思いっきり泣いてください」と。

私の原家族は、いわゆる「機能不全家族」。虐待や共依存等、負の連鎖が代々続いていた。父方も、そして母方も。

もくじ

[I]

[II]

I

四歳から住んでいた家のこと

私が四歳の時から、母方の祖父母の建てた当時の新興住宅地の一戸建てに、祖父母、父、母、母の妹（私の叔母）で暮らしていた。

だが、母の中では、祖父母や叔母は「家族」として世間に公表してはならない存在だった。子供の頃、学校の宿題で家族のことを書かされた時、祖父母と叔母のことを書こうとしたら、母に烈火のごとく怒られた。祖父母や叔母は世帯が違うというのが理由らしい。

確かに、彼らの苗字は、母の旧姓ではある。しかし、一緒に同じ家に暮らしている。それは家族ではないのか、子供心に疑問が生じた。

後々考えてみると、祖母は中途障害者（盲ろう）、叔母は独身。当時、昭和四十年代の社会では、世間には隠したくなる存在だったのだろう。

しかし、隠したいだけならともかく、母の彼らへの仕打ちもひどかった。自分の親や妹なのに。

叔母には、「ブス」「バカ」「だから結婚できない」と事あるごとに罵詈雑言を浴びせる。縁談が来ても「相手が気に入らない」と言ってつぶしていく。叔母は何も言い返せないでいる。

祖父や祖母に対しても同じで、家に風呂があるにもかかわらず、祖父には歩いて二十分ほどのところにある銭湯に行かせていた。母は「おじいさんが入ると風呂が垢だらけになって汚れる」と普段から口にしていたが、私が「なんで家の風呂に入れてあげないの？」と聞くと、なんでそんなことを聞くのかとキレながら、「部屋の中ばかりにいて運動不足だから銭湯に行かせている」と、全く違うことを口にする。

食事も家族は食堂で大きなテーブルを囲んで食べているのだが、祖父母は呼ばれず、祖父母は自室で食べさせられていた。一度だけ、私が「一緒に食べよう」と母に言って、その時はなぜか母が許可したので食堂の食卓に来たことがあったが、それっきりだった。

祖母については、母の話では、子供の頃に叔母がふざけていてぶつかった拍子に腰を痛めて寝たきりのような状態になり、母が親代わりに家のことをしていたと。そして、私が三歳頃、祖母が入院した際、ストレプトマイシンとキドラ（クロロキン）という薬で、失聴・失明をして、聞こえない、見えない状態になってしまったと。

そのため、祖母は部屋で布団に入ったきり。家のトイレに移動するのが難しいので、部屋に「おまる」を置いて、そこに用を足させていた。いつも消毒のクレゾール液のにおいが、家じゅうに漂っていた。

祖母の世話は主に専業主婦の母の役割だったが、働いている叔母も、月に一度、祖母を風呂に入れるなど、仕事が休みの日には手伝っていた。だが、祖母の世話を私や父にはやらせようとはしなかった。

また、外部の介護を依頼することもなかった。母は「他人は信用できない」と、事あるごとに口にしていた。それを裏付けるエピソードがある。

ちょうど第二次世界大戦中のこと。母が子供時代に母親代わりの役目をしていた頃、配給の時に周りの大人に騙されて、物がもらえなかったり少なくされたり、嫌な目にたくさん遭ってきたそうだ。兄弟の面倒も自分が全てみていたし、大人になってからは父方の姉妹（母には小姑にあたる）から嫌な目に遭ってきたとのこと。

そんなわけで「他人は信用できない」ために、外部から祖母への介護支援も入らない状態だった。母のやり方で、鍵は掛けられていなかったものの、祖父母はいわゆる「座敷牢」状態に置かれていたのだった。

母が介護を一手に担っていたこともあり、いつも母は祖父母に暴言を吐いていた。「何、汚してんの！」「ふざけんな！」と。

しかし、そんな暴言を浴びせていた彼らが死んだ時は、涙を流していた。このアンビバレントな感情が理解できなかった。

ただ、確かに言えることは、誰かが死ぬと、その財産はすべて母のものになっていくことだった。

これは、私が父の死後に相続放棄をした際、初めて土地家屋の登記簿を見て知った。母の弟である叔父の結婚に母が反対をして、叔父に絶縁を言い渡した直後に、生前贈与の形で叔父の持ち分が母名義に書き換えられていた。叔父の知らないうちに。後年、叔父が知り合いを通して土地家屋の登記を確認した際、自分の持ち分が母のものになっていたことを知ったそうだ。その時には既に時効となっており、法的に訴えることもできなかったそうだ。

祖父母が死んだ後も、土地家屋の祖父母の持ち分は、母の名義に書き換えられていた。

その後、同居していた叔母が癌で死ぬのだが、叔父には死亡の知らせは一切なく、叔父はある日突然、家庭裁判所に呼び出される。そこで、叔父は、何十年も会っていない、養子に出されたと聞いていた一番上の姉と再会する。家裁の調査官から、すべて叔母の財産は母に相続させるという遺言書があるので、それでよいかと確認される。叔父も皆も、それに従うしかない状況だった。そうして、叔父への相続分も母がぶんどってしまった。

叔母の遺言書も、本人が本心から書いたものなのか、母が書かせたものなのか、はたまた、母の偽造なのか、真実は闇の中だ。

実家の整理をしていたら、その時の書類が出てきた。叔母の遺言書は、母の筆跡のように思えた。筆跡鑑定をしないと分からないが。

余談だが、叔父が数十年ぶりに再会した一番上の姉の話。

叔父の十五歳上で、叔父が中学三年生までは同居していたらしい。が、気づくと一番上の姉はいなくなっていた。叔父は受験勉強の時期でもあったとは言っていたが、突然人がいなくなる、理由も知らされずに。

母の原家族も「機能不全家族」(註)だった。

(註) **機能不全家族**……長期にわたって何らかの問題の影響を受け、不健康なシステムが固定した家族。問題への否認、硬直したルール、家族間の境界の混乱、虐待などにより、子供が成長するために必要な、安全な枠組みや柔軟な機能が失われた状態にある。

※註は『ミニBe!〈お役立ち用語解説〉』(編集・「季刊Be!」編集部　発行・特定非営利法人ASK(アルコール薬物問題全国市民協会))より引用(以下同)

違和感

私が物心ついた時から、自分の母親はおかしい、家族はおかしい、と思い始めていた。

母中心の「独裁政権」さながら、他の家族は母の言いなり。父の存在は家庭内では無に等しかった。

父は普段は無口。仕事から帰った後や休日は、部屋にこもって音楽を聴くか、オーディオ工作に没頭。たまに、突然キレることがある。祖父母の介護についてはノータッチ。母から「自分たち（母と叔母）でやる」と言い渡されていたのであろうが、典型的な昭和の父親であった。

母の話では、自分の弟（叔父）が父の勤める高校に通っており、母が親代わりに授業参観等に行っているうちに、父が母に惚れて結婚することになったそうだ。父は結婚前、自分の父親（私の祖父）の借金返済で荒れていて、酒を飲み過ぎて体を壊して寝込んでいたところへ、母がアパートに通って世話をしているうちに懇意になったと。

父方の祖父は、人が良くて、知人の借金の保証人になったものの、知人が祖父に借金を押し付けて蒸発してしまい、祖父、父ともどもその借金返済をしていたそうだ。借金を負ってからは、祖父も酒に溺れ（今考えれば、おそらくアルコール依存症）、酒で体を壊して死んでいった。祖父が死んだ時、母は「おじいちゃんはアル中で死んだのよ」と言っていた。

父方の家族も「機能不全家族」であった。


さて、母のおかしな言動の数々は、小さな子供の私にとっては、「何かおかしい」としか言いようがなかった。大人になってからははっきりと何が「おかしい」と分かるが、子供には判断がつきにくいことも多かった。

さらに、従わないと怒られるからとりあえず従っておくとか、逆に同情を誘う話を聞かされた時には、母がかわいそうと思ったりもした。正面切って母に「おかしい」と言うと、「うちはうち、よそはよそ」と逆ギレされるのが日常茶飯事で、何も言えない状況だった。

そのくせ、母は自分の思い込みで、良いと思ったことは押し付けてくる。自分は他の人たちとは違う上流階級にいる人間と思い込みたがる面もあった。

思い込みが激しく、「X県人は表裏があるから嫌い」「近所の人たちは私がいないところで悪口を言っている」など日常茶飯事。そのくせ自分は他人の悪口を延々と言い、「他人は信用できない」「おかしい」と言い続ける。

一方で、平和運動や生協活動にのめり込む（父と共に）。人のために尽くすことや平和が大切と言いつつ、他人を馬鹿にしたり、見下したりしていた。これは父もそうだった。両親とも、アンビバレントな言動をする人たちだった。

子供の私には、過保護・過干渉のオンパレード。母は、自他境界(註)線のない人だった。

機能不全家族で育った私は、一般家庭で身に付けるべき生活習慣も身に付かず、生きづらさを抱えて生きていくことになるのだった。

(註) 境界……自分と他人を区別し、お互いの安全を確保して存在を尊重するために引かれるライン。夫婦や親子を含め、他者との健康なつながりを保つため欠かせないもの。境界には「尊厳の境界」「感情の境界」「身体の境界」「時間と空間の境界」「持ち物・金銭の境界」「責任の境界」「性的な境界」「思考・価値観の境界」がある。

幼稚園時代

私は四歳から祖父母が建てた家で暮らしていた。幼稚園入園から、ということになる。近所の子供たちとはすぐに友達になり、遊んでいた。しかし、家では人並みの生活習慣を身に付けることができず、朝は定時に起きられずに寝坊し、さらに好きなテレビを見てから幼稚園に行くことが許されていた。

当然、幼稚園では友達もできず、出席シールもほとんどもらえず皆勤賞は取ったことがない。園児同士でのコミュニケーションの取り方も分からず、幼稚園では無口。一人でポツンとしていることが多かった。他の子供が関わろうとしても、私はいじめられたと誤解して泣いてしまうこともあった。昼食は、いつも食べるのが遅く、居残り。工作も手順を追って落ち着いてやればできただろうが、やり方をすぐ理解できずに自己流でやってしまい、うまくできなかった。そんな幼稚園生活を二年間送った。

朝定時に起きられた日は、近所の子供たちと待ち合わせて幼稚園に行っていた。しかし、子供たちが待ち合わせる時に、必ず私の母がいた。他の親たちは送り出しておしまいだった。そのころ誘拐事件がニュースで頻繁に報道されていたこともあり、母は「うちの子はかわいいから誘拐される」と思い込みが激しく、「親が見ていないと子供が誘拐される」と言って、いつも見張っていた。子供としては、親がいると自由にのびのびできない。いつも母の監視の目を気にしていた。

通っていた幼稚園には、制服があった。ある時、他の子供たちが石垣の上に座って待っていたので、私も座ろうとしたら、「(制服が)汚れるから、座るな！」と母の罵声を浴びた。汚れたら洗うのが大変だと言われて、私だけ立っていた。他の子供たちと同じように座りたかったのに。

他の子供たちがやっていることと同じようにしようとすると、必ず母の制止が入る。

あれは小学校低学年の時。自転車が流行っていた。近所の子供たちは皆、自転車を買ってもらい、乗る練習をしていた。私も、友達の自転車に乗せてもらい、練習をしたりしていたが、母に自転車を買ってほしいと言ったところ、「ここは坂道が多いから、自転車は危ない」「あんたは運動神経が鈍いから危ない」と言って、買ってもらえなかった。

確かに私は体育が苦手ではあったし、他の子に比べて要領はよくなかった。今思えば、それも成育環境が大きく影響していたと思える。そんなこんなで、私は自転車が乗れないまま大人になってしまった。大人になって、自転車に乗れない不便さをひしひしと感じている。

小学校時代

小学校に入学してからも、私は学校緘黙症《かんもくしょう》のように、学校では無口で、友達もできず、クラスで孤立していた。しかし、学校の行き帰りだけは近所の友達と一緒だったので、楽しかった。

一年生の時はそれでも何とか過ごせていたが、持ち上がりで二年生になった時に、クラスで、私ともう一人の女児へのいじめが始まった。

一年生の頃から、いじめのリーダー格の女児は、私のかわいい消しゴムや色鉛筆のきれいな色（ピンク、水色など）だけを持ち去って行った。

私が何でも「いいよ」と言ってしまうからだったが、それは母との関係で、何を言っても母親に聞き入れてもらえず、NOを言うと逆上されてきたため、「断る」方法を身に付けていなかったためだ。

本心では嫌なのに、「いいよ」と言ってしまう、それが、いじめのリーダー格には「いいカモ」だったのだろう。

休み時間に、一人でポツンと席に座っていると、ある日、リーダー格の女児が、「おしくらまんじゅうしよう」と誘ってきた。私の席のすぐ横に、人ひとり分入れる壁のすき間があった。

その一番奥に私を押し込め、四、五人で押してくるのだ。「痛い！」「やめて！」と言ってもすぐやめない。そんなことが毎日続いていた。

ある日、もう一人のいじめられていた女児が、リーダー格や取り巻きに、校舎の外に連れて行かれた。そしてその子らに取り囲まれた中で、パンツを脱がされていた。

私は遠くから見ていたが、自分もいじめられていたため止めに行けなかった。

帰宅後、母にそのことを話したら、母が担任に電話をした。翌日、私は担任に職員室に呼ばれ、事実確認をされた。母は、何かとすぐ学校に電話を入れる、今でいう「モンスターペアレント」だった。

それからはいじめは収まり、三年生に上がる時には、いじめっ子とも別々のクラスになり、友達もできて楽しかったが。

ただ、一つ、身体面でつらかったことがあった。それは、二年生の冬に鼻風邪から、鼻炎になってしまったようで、鼻水が出て止まらなくなってしまったのだった。我慢すると痰になってしまうこともたびたびあった。

母は、祖母が入院した時に「薬害で失聴・失明してしまった。だから病院は信用できない、薬は危ない」と、事あるごとに言っていた。だから私が風邪をひいても「風邪は寝ていれば治る」と放置状態だった。父もそれに従っていて、何も言わなかった。

鼻風邪がひどく、鼻水が止まらなくても、医者には連れて行ってもらえなかった。当時、昭和四十年代はティシュペーパーが出始めた頃で、まだ高級品だった。鼻をかむのにティッシュペーパーを大量に使うと、両親から「もったいない。我慢しろ」と怒られる始末だった。

そんな状態なので、すぐに病気が完治するわけがないのだが、熱が下がっても、鼻水が止まらない状態で学校へ行かされた。

当然、授業中も鼻水が出るので、鼻をかむ。その紙を休み時間に捨てるまでは、机の中にためておくしかなかった。これも、いじめの標的にされた。「汚い」と。

また、体育の時は、鼻をかめないので、我慢すると痰になり、痰を吐くわけにもいかずに、そっとタオルハンカチに吐き出してそのままポケットへ、という状態だった。

この、母の病院や薬への不信感は、幼い私に「風邪の時は医者には行かずに寝ていろ」という思考を植え付けてしまった。一方で、父がいろいろな市販薬を買い込んでくることもあり、病気になっても医者には行かずに、自分で市販薬を買って飲んで治すものと思うようになってしまっていた。

そのために、後々、大学生、社会人になってから高熱、扁桃炎、花粉症等になった時、我慢をしてすぐ病院に行かなかったために、こじらせてしまったことが多々あった。適切に医療機関にかかるということを教えてもらわず、自分を大事にすることも教えられていなかった。これも私の「生きづらさ」につながっていった。

小学校四年生になる前のこと。

当時は子供がどんどん増えていった時代で、通っていた小学校の児童数も増えたため、近所に新しく小学校が建てられた。

私は四年生から新設校へ行くことになってしまった。せっかく三年生の時に仲の良い友達もできたのだが、学区の都合で、私の友達は皆、元の小学校に残ることになった。

四年生のクラスは、平穏無事ではあった。しかし、ここで母の思い込みと心配性が私を苦しめた。

当時、子供の仮性近視や近視が大きな話題になっていて、私も少し視力が下がっていた。すると、母はすぐに「メガネが必要」とメガネ屋へ私を連れて行き、メガネを作らせた。そして、学校でメガネをかけろと言うのだ。子供心に、クラスの中で私だけメガネをかけるということがとても恥ずかしく、嫌だった。

授業中、見えない時だけメガネをかけるということに落ち着いたのだが、母が先生に電話をして、「明日から美雪がメガネをかけるからよろしく」と頼んでいた。そして学活の時間に、先生が、「今日から友乃さんがメガネをかけます」と発表。一人だけ違う（メガネをかけている）ことに対するいじめ防止なのだろうが、私は恥ずかしかった。どうしても見えない時だけ最小限メガネをかけることにして、ほとんどメガネは使わなかった。

五年生になり、担任が、新任の若い女性の先生になった。今でいう熱血先生で、今までにないクラス運営や授業のやり方で、楽しい日々を過ごしていた。この先生とは、六年生も持ち上がりで二年間を過ごした。

私は人とのコミュニケーションや人間関係の作り方を家庭では全く学べず、ましてや両親は人間関係を壊していくタイプだったため、周りのクラスメートとは一緒に遊びはしたものの親友はいなかった。学習で、何かグループを作る時も、必ず私が一人余ってしまっていた。

ある日、先生がアンケートをとった。誰が好きとか嫌いとか、そのような内容だった。放課後、先生が教室でそのアンケートの集計をしていた。私を含め、何人かの児童が残って一緒に見ていた。そうしたら、私への回答は、「嫌い」という人が何人かいたが、「好き」はゼロだった。それがショックだった。そして、他の子供たちが見ているところでそれを集計している先生にも幻滅した。

「嫌い」と言われる原因に心当たりはあった。当時、私はお笑い（吉本新喜劇など）が大好きで、笑いを取れば周りともコミュニケーションが取れると思っていた。しかし、相手を傷つける笑いの取り方をしてしまっていた。修学旅行の文集で、同じグループの女の子のトイレが遅くて困ったと面白おかしく書いてしまい、本人が怒っていたことがあった。

当時は、相手の気持ちまで考えられなかった。

逆に、「自分はどう思うか」「意見のある人！」と先生に聞かれても、いつも私だけ手が上げられず、自分の意見は言えなかった。

言えないというより頭の中が空っぽで「自分がない」と言った方が近いかもしれない。それも今考えてみれば、母親からの抑圧で、自分を失くして生きていたからだと思う。

アンケートで「嫌い」と書かれているのを目にしてショックを受けている時に、母から追い打ちをかけるような話をされた。

学校で私のことを嫌っている人たちがいると噂で聞いたが、（授業参観の時か）学校で私の様子を見ていたら、友達と楽しそうに遊んでいたから、そんなことはない、と。

まったく慰めにもならない言葉だった。友達が私を嫌っている事実はあっても、母は単に思い込みで言っているだけだと、子供心にも分かることだった。

中学校の制服（標準服）問題

小学校六年生も終わりに近づき、中学校への進学が迫ってきた。進学予定の地元の公立中学校は新設校で、制服のことを「標準服」と呼んでいた。

　ある日、両親に話があると呼ばれた。それは、進学予定の中学校の制服についてだった。母が言い出したことに父も便乗していたのだが、①「標準服」だから「制服」ではないので似たような服を着ていけばよい、②「標準服」を扱っている店が粗悪品を高値で売って儲けている、③学校指定店で扱っている「標準服」を着ないで両親が用意した服を着ていかなければ学校へ行かせない、と。それで、YESかNOかを問うてきた。中学校には行きたかったので、YESと言わざるを得ない状況だった。

　今考えてみれば、中学校は義務教育なので親が行かせないとなると問題になることなのだが、小学生の私にはそこまで考える余裕はなかった。

　そして、数日後、母に近隣のW県のデパートに連れて行かれた。母はW県のデパートで「標準服」をオーダーメイドで作ると。「標準服」はブレザーとスカートだが、店の担当者と打ち合わせをしていると、母は似ても似つかぬスカートのプリーツのデザインを提案した。色も「標準服」のグレーとは似ても似つかぬブルーがかったもの。全体的に「標準服」とは全く違うデザイン、色を提案していた。

　私は何も言えず、仮縫いまで進んでしまったが、さすがに、仮縫い確認の時点で「嫌だ」と言った。すると、母は店側の仕立てが悪いから私が嫌だと言っていると解釈した。とにかく、オーダーメイドは中止になった。

それでホッとしたもの束の間、今度はそこのデパートで、既製服のブレザースーツを買うと言い出した。また、標準服とは似ても似つかぬスカートのデザイン。色も薄すぎたり濃すぎたり。それを、予備も含めて、バラバラのデザインを三着も買っていった。抗うすべはなかった。入学式の前に、母から、「中学校の先生には(服のことは)言ってあるから」と念押しされてしまった。

中学校入学。「理不尽」を知る

入学式当日、私は皆と違う服を着ていくことがとても嫌だった。しかし、拒否すると学校に行かせてもらえないと両親から脅されていたので、仕方なく登校した。同じクラスで、標準服の準備が間に合わずに私服で来ていた男子がいたが、数日後には標準服を着てきた。また別のクラスだが、父親が仕立て屋さんの同級生は標準服と同じデザイン、色で仕立ててもらったものを着ていた。私だけが、全く違う服を着ている状態だった。

しかし、ここでも母が私の逃げ道を塞いでいた。母が中学校のPTA役員になって「制服委員会」の委員になり、制服は洗濯も大変だから洗濯しやすい素材にしろとか意見を言っていたようだった。なので、母が用意した服を着ていきたくないと先生に相談しようにも相談できなかった。先生に相談することは母の顔を潰すことになってしまうと考えたからだ。

周りの同級生からは「なんで友乃さんだけ違う服を着ているの？」と聞かれる。自然の成り行きだ。しかし、自分で決めたことではないので説明できない。適当にごまかしていたが、この時に「理不尽」ということを知った。中学一年生にして「理不尽」を味わったのだった。


母の言動には矛盾することが多い。

私が近視なので「メガネをかけていないと、よく見えないから、スケバンとかに絡まれる。交通事故に遭うから危ない」と言い、メガネをかけさせられた。小学校までは授業中見えない時だけメガネをかけていたのだが、中学校からは常時かけさせられた。しかし、皆と違う服を着て登校しているので、メガネ以前の問題で、それだけで目立ってしまう。そんなことは母の頭の中にはない。自分のしていることが「正しい」と信じて疑わない。

ある日の下校時、学校近くで一人で信号待ちをしていた時に、三年生のいわゆる「スケバン」グループに取り囲まれた。「なんで標準服を着ていないのか？」と言われたが何も答えられず黙っていたら、「家が貧乏だからか」と結論づけて行ってしまった。それ以降は絡まれることはなかった。しかし、絡まれた時は、怖かったし、自分のせいではないのになんで、と思ったが、このことは誰にも話せず、つらかった。

同じ制服を着ていないことで、できないことや不都合が多々あった。

ひとつは、クラブ活動を選ぶ時に、ブラスバンド部を希望していたが、同じ制服を着ていなければ難しいだろうなと思った。しかし、自分が諦める以前に、両親から、「ブラスバンドで吹奏楽器を吹いたら唇がベロベロになる」と脅かされ、反対されたので、叶わなかった。

部活を決める時も、結局は両親の希望の通りにさせられてしまった。ブラスバンド部を希望したら難癖をつけられ、次に園芸部を希望すると「泥で汚れる」と言われる。最後に美術部にすると言うと、どういうわけか納得した。理由はよく分からないが、おそらく母が「美術は良し」としていたのだろう。母が言うには、自分は子供の頃から絵がうまくて天才と言われたが親の反対で美術の道に進めなかったと。事あるごとに、ぼやいていた。


制服のことでもうひとつ私が嫌だったことは、同級生に迷惑をかけてしまったことだった。

一年生の秋に合唱コンクールがあり、クラスメートから、服を揃えてほしいと言われ、別のクラスの幼馴染に、本番の時に上着のブレザーだけ借りることにした。

その子はちょっとの間、私のブレザーと交換しようと提案し、本番前から私のブレザーを着て、昼休みに委員会活動に出た。

しかし、委員会活動から戻ってきたその子の様子を遠くから見ていたら、泣いていて、クラスメートが取り囲んで慰めているようだった。私は怖くて近寄れなかったが、おそらく私のブレザーを着ていったために、委員会の先輩から何かを言われたのではないかと思った。

その子にブレザーを返す時、私は何も言えなかったが、その子も何も言わなかった。このことも誰にも話せず、つらかった。

中学校時代の「生きづらさ」

標準服をはじめ、私は母の「正義」に振り回されていた。成育環境的に人とのコミュニケーションの取り方を学べず、友達も少なく、クラスで浮いていた。

生活習慣も標準的な家庭とはかけ離れており、子供へのコントロールが激しい割には、放任に近かった。

生きづらさから、学校にも行きたくなかったが、また母からの脅しがあった。いとこが、当時の言い方で「登校拒否」になり、精神科病院に入れられてしまったと言うのだ。それは嫌なので、学校に行くしかない。家にいても学校にいても居場所がなかったが、大学まで行って、いつかこの家を出てやる、と思い、我慢していた。

母から無条件に褒められたことは一度もなかった。

高校受験の時も、そうだった。自己採点で合格圏内と分かっていたのに、「もしかしたら落ちているかもしれないから、二次募集に向けて勉強しろ。遊んでいるな」と脅してきた。仕方なく勉強したが、他の同級生たちはのびのびと過ごしていて、うらやましかった。

結局、高校には合格したので、「なんで（私だけ二次募集の勉強をさせられたのか）」という疑問と、母への怒りしか残らなかった。

父も父で、普段は無口で温厚そうに見えるのだが、突然キレたり、おかしな言動をしていた。例えば、夫婦喧嘩になると、しばらくは口論だけだったのが、突然、母に平手打ちを一発くらわして、無言で立ち去っていく。

父のおかしな言動で特に印象的な出来事があった。

卒業間近のある日、私が中学校時代の恩師に電話をしている時、いきなり「〇〇（先生の名前）のバカ、バカ」と相手に聞こえるように言い始める。驚きと、相手の先生に聞こえてしまっているのではないかと焦ったが、電話中だったので父を止めることもできずに終わってしまった。

電話の後、父になぜそういうことを言うのかときいても、相手が気に入らないだけのようで、理由はなかった。

高校時代。心身症に

私は地元の高校に進学した。

この高校には「制服」があった。今回も両親が何か言うのかと思いきや、まったく何も言わずに学校指定の制服を購入した。「標準服」ではなく「制服」だからか。あの中学校時代の苦しみは何だったのかと、両親の矛盾する行動に怒りを覚えた。

高校に入っても、生きづらさは変わらなかった。それが体に出てきたようで、体調不良になり、父が買ってくる市販薬を毎日飲むようになった。しかし、それでも体調は改善されなかった。

ある日、父の書斎を見ると、「思春期心身症」について書かれた本が数冊あった。読んでみると、過敏性大腸症候群など、私の症状と同じだった。父は私の状態に気づいていたのかもしれないが、何も言ってこなかった。私も両親には相談できず、何も言わなかった。万一、相談でもしようものなら、とんでもない方向に行ってしまうことは、火を見るより明らかだったからだった。

だんだん心の方もつらくなってきて、「私なんかいなければいい」と思い始めた。帰宅後、そんな思いが頭によぎり、とりあえず寝てやり過ごした。それでも、大学進学を希望していたので、学校に行くのもつらかったが、自分を騙し騙し学校に通っていた。

人間関係は、相変わらず人とうまくコミュニケーションはとれない方だったが、趣味等を同じくする仲間が見つかり、特定の友達とは楽しく過ごすことができていた。

だが、そんな友達を、母は親の職業でバカにしていた。「〇〇さんの家はこんな職業だから下品だ」とか。

いつものごとく、母の言動は矛盾していて、一般的な話をしている時には「職業に貴賤はない」と言う。

また、関西ということもあるのか、当時は同和（部落）問題がまだまだ残っていた。母は「人間は平等だ」とか言いつつ、「あそこの地区は部落だ」と、私の部活の後輩に対して差別的なことを平気で言っていた。反論しても話にならない人なので、スルーしていたが、聞いているだけでも不愉快だった。

一方、両親とも外面《そとづら》はよく、世間的にも父は教員、母は専業主婦ながらPTA役員や生協活動などをしており、人のために何かをする「いい人」と映っていた。

そのためか、私が友人に母の愚痴を言うと「あんないいお母さんなのに」と言われてしまい、ショックを受けた。

「母のことは二度と他人には言わない」と心に誓ってしまった。他人には分かってもらえない、他人に言ってしまうとさらに自分が傷ついてしまう、と身をもって感じてしまったからだ。

当時の世の中では、「毒親」や「心理的虐待」などの社会的認識はなく、まだまだ「子供は親の言うことを聞くにこしたことがない」などという世間の常識が強い時代でもあった。

両親の言動のちぐはぐさは、自分の都合の良いように辻褄合わせをしていることからきているのだと思われる。

建前は良いことを言うが、悪いところだけに着目して批判の形で悪口を言う。かと思うと、称賛したりする。

都合良く辻褄合わせをすると言えば、「うちはうち、他人は他人」とよく言う。中学校時代の制服の時もそうだった。

そして、これは一生涯言っていたセリフ、「あなたのため」だと。

本当は「自分のため」なのに、そうやって子供を自分に縛り付けてコントロールしようとしていたのだ。高校生にもなれば友人たちと出歩くことがあるが、門限は厳しく制限され、帰宅後は、誰とどこに行ったのか、刑事の取り調べの如く詳細に聞かれる。それは、「女の子だから襲われたら危ない」と。

母の妄想はどこまでも続く。

大学入学。離れてもコントロール

一年浪人した後、私は東北地方のV県にある、教育系大学に進学することになった。

大学選びも、父親の好みが優先されていて、母も便乗して、その大学がユニークで良いとしていた。

母は有名なものに価値をおいているようで、滑り止めに東京の私立大学を受験した時も、有名大学は受験させてくれた（私の偏差値ではとうてい合格は無理なのに）が、有名ではない大学（私はそこの授業内容に興味を持ち、偏差値的にも大丈夫そうだった）は申し込んでいたにもかかわらず、当日になって「行かなくていい」と言って受験させてくれなかった。

進学した大学は、父が崇拝する教育系大学で、両親揃って、受験前に下見と称してそこへ旅行をしたぐらい熱心だった。偏差値的にも、地元の教育系大学は無理と分かり、その大学に一浪の末、進学した。地元の友達とも別れ、淋しかったが、親から離れて暮らすことができるとあって、親の監視から解放されると思い嬉しかった。

入学式は幸い、大学の方針で、親の出席は認めていなかったので、両親が来ることはなく、ホッとした。物理的に離れたおかげで、四六時中監視されていることもなく、自由に外出できるようになり、心が少し落ち着いた。

しかし、入学直後のゴールデンウイークに、母が遊びに来ると言ってきた。何かと理由をつけて会わなかったら、後で「会ってもらえなくて淋しかった。デパートでチョコレートを買って帰っただけだった」とぼやいていた。

また、頻繁に電話をしてきて、いないと「どこに行っていた？」「こんな時間（夜）にいないのか？」と詰問する。必ず「女の子なのだから（心配）」と。

「女の子だから」「ふしだら」に関連して、エピソードがある。

大学生になってから、私はあるボランティアサークルに入り、役員もするようになって、夜の活動も多かった。

ある時、役員会の会場が確保できず、私のアパートでやろうということになった。夜、役員の面々が訪れ、会議前に話している時に、運悪く母から電話が入った。

「今、何している？　男の声が聞こえるが男がいるのか？」

サークルの役員会なので男性もいるのだが、母は「男を部屋に入れるな（襲われる、ふしだらだ）」と言って聞かない。

やむなく、急用ができたとうやむやな理由を言って、役員会は別の人のアパートで開いてもらうようにお願いし、参加者は全員撤収。私は、自分の部屋に取り残された。役員会は台無しになり、私の信用も台無しになった。メンバーがお腹をすかせてやってくると思い、おにぎりを握って用意していたのに、それも台無しに。

後日、役員会のメンバーからは特に何も言われず、いつも通りにつきあってくれていたが、とにかく母からの電話は「こんな時に限って」が多かった。


母は、子供の頃から私に「あんたのやることと考えてることはお見通し。親だから、何でも分かる」と脅していた。今回のことも、母が反対するのは想定されていた。バレずにできればよしと思っていた。そんなところにタイミング悪く電話がかかってきてしまっただけの話なのだが、私に植え付けられた母からの恐怖心で「母にはお見通しなのだ」と解釈してしまい、自分の行動に制限をかけてしまうようになってしまっていた。

私へのコントロールの成果で、母の思う壺である。


さて、話を戻す。

母からはアルバイトを禁止されていた。学生は学業に専念すべき、お金は出すから心配ないと。一見、良い親に思えるが、アルバイトができなかった分、社会経験も積めなかったことが残念だった。

一度、二日間だけの短期アルバイトを先輩から誘われてやったことがある。親には内緒にしていたが、帰省時に、地元の友人へのプレゼントを持っていたら見つかってしまい、「これは、どうしたのか？」と詰問され、アルバイト代で買ったと白状させられてしまったことがあった。

母は、私を無力化して支配下に置きたかったようで、子供の頃から「あんたは何もできない」と無能呼ばわりし、建前上は「あんたには苦労をさせたくないから、やらせない」と言ってきた。それは、私一人だけでなく、周りの人たちにも「この子は一人っ子で何もできない」「女の子だから心配だ」と吹聴していた。

ただ、私の中では、「うちの親はおかしい」という思いはずっとあり、今自分が置かれている状況を何とかしたいという思いはずっとあった。

話は変わるが、父方の親戚づきあいについて。

もともと母は、父の三番目の姉（母には小姑）からいじめられていると始終訴えており、関係は良いとはいえなかった。

父方の親戚は四国地方に住んでいた。私の大学入学のお祝いに、特産の果物とお祝い金を段ボールに入れて、私の下宿に送ってきた。しかし、ご祝儀袋を開けた時に、現金が入っていなかった。それを母に伝えると、「やっぱり、あそこの人たちは……」と悪口を言っていた。その後も、ことあるごとに、そのことを持ち出して繰り返し言っていた。

母が父方の親戚と決定的に関係が悪くなったのは、父方の祖母が亡くなったことがきっかけだった。父の三番目の姉からお墓代を高く吹っ掛けられた（親戚みんなで払うところを、両親にだけ高く見積もられた）と、お墓のことがきっかけになり、母の方から父方の親戚と絶縁してしまった。事実が何かは分からないが、母の思い込みと好き嫌いだけで、いつも人間関係は最悪になってしまうのだった。

大学四年生になり、卒業後のことを考える時期になったが、卒論が仕上がらず、就職試験も落ちまくり、就職も決まらず、私はぐだぐだになっていた。

卒論が仕上がらないのは、卒論だけの問題ではなく、私の成育歴と思考行動によるものだと、今になって分かった。何でも締め切りぎりぎりまで先延ばしにしてやらず、締め切り直前にあわててなんとかやってしまい、「達成感」を味わい、締め切り間際の方が力を発揮するのだと勘違いしていた。できた時はよいが、締め切りを過ぎてしまい、何度も催促されて何とかする、ということも多々あった。

少しずつ毎日コツコツやって締め切りに間に合う人のことを、別世界の人間だと思っていた。しかし、ＡＣ（アダルトチルドレン）(註)から回復(註)した今だから分かる。親から完璧を求められ続けて、完璧など本当はないのに、完璧を求めて何もできないでいて、先延ばし先延ばしにしていたのだろうと。それは無意識のうちにやっていた。

回復した今は、「とにかくやってみよう」「できることからやってみよう」「一つずつやっていけばいつかはできる」と思えるようになった。思考と行動の一八〇度の大転換が起こっている。その思考と行動の変化により、どれだけ生きやすくなったことか。

話を戻そう。

大学を留年することも考えたが、卒論の目録だけ先に提出して本論は後から提出してもよいという措置があり、卒業はすることにした。

就職については、教員養成系大学に行ってはいたが、親のコントロールでその道に入ってしまったようなもので、私自身、子供は好きではなかった。

しかし、障害児・者には関わりたいと思っており、特別支援教育課程に入っていた。ただ、教員には向いていないと自覚していたため、教員採用試験は受けなかった。V県の民間企業や公務員試験を受けたが、ことごとくダメだった。

大学がある県での就職が叶わなかったのは、私自身の問題もあるだろうが、時代背景として、その頃の地方都市では、女性は親元から通うことが第一とされていたようだ。「下宿生は不利」というのが、同級生の間でも話題になっていた。

親にはどう説明すればよいのかと考えた。

卒論が残っていることと、地元でのボランティア活動を続けたいと、その二点を話した。

親は過保護・過干渉であった。しかし親は私をコントロールするくせに、私のやりたいことはやらせる、と二律背反なことをいつも言っていた。そこを逆手にとって、過保護をいいことに、親と物理的に離れた場所に居続けることができた。

そこで一年間、卒論の仕上げ、ボランティア活動をして過ごした。

親のアルバイト禁止の方針は変わらなかったので、生活費は出してくれていた。ただ、過干渉は変わらず、先に出したエピソードのように、電話を掛けてきて留守にしていると「どこに行っていた？」と詰問する。ボランティア活動の仲間で部屋に集まっている時に母から電話があり、男の人の声が聞こえると「なんで男がいる？」「ふしだら」と騒ぐのは変わらなかった。

(註) ＡＣ（アダルトチルドレン）……もともとは、アルコール依存症の親の元で育ち、成人した人のこと（ＡＣｏＡ＝Adult Children of Alcoholics）。日本ではＡＣｏＤ＝Adult Children of Dysfunctionalの意味で使われることが多い。ＡＣｏＤとは、何らかの問題によって健康で柔軟な機能が損なわれた家庭（機能不全家族）に育ち、大人になった人。

(註) 回復……アルコール・薬物、不健康な人間関係や行動に依存しない生き方を身につけていくプロセス。ＡＣが自分の課題に取り組むことも回復プロセスと呼ぶ場合が多い。

A県へ行こう!

そんなフリーの一年も終わろうとしている頃、私は今後どうするかを考えた。実家には帰りたくなかった。一度帰ってしまうと、二度とそこから出られなくなってしまうような気がしたからだ。実家に帰るのは絶対嫌、それだけは譲れなかった。

では、どうするか。V県での就職試験も不採用続きだった。そんな時、A県の障害当事者の方が書いた本を読んでいたら、その中にソーシャルワーカーになる道が書かれており、「これだ!」と思った。A県にある、社会福祉士養成一年課程の社会福祉系の学校に入って勉強をして、ソーシャルワーカーになろうと思った。

親には内緒で受験した。合否が分かる前から親に言うと、何を言われるか分からない、とんちんかんな方向に行ってしまうかもしれないと思ったのだ。

幸い学校には合格し、母に電話で、合格したのでA県で勉強したいと伝えると、単純に喜んでくれた。

しかし母は、共依存で自他境界がなく、私の引っ越しについても、自分が引っ越すかのように、私が望んでいないことを次々としてきた。

住んでいたV県からの引っ越しなので、A県に荷物が届くまでのタイムラグがあり、その日はA県のどこかに泊まらなければならない。そこで、母はA県の高級ホテルのスイートルームを予約した。そこまでする必要はないのだが、単に自分が泊まりたかったのだろう。

しかし、それで済む話ではなく、母の成育歴からも、自分を満たすものは自分自身ではなく、高級な物や待遇などだった。だから、いつも自分は特別扱いされてしかるべきと勘違いをしていたのが厄介だった。

A県での住まいを探す時も、母の高級志向と勘違いは発動されていた。大学を出たばかりの私でも、都会であるA県中心部の家賃は高く、住むのはなかなか大変だろうと予測できた。だが母は、一軒目の不動産屋で、「A県の中心部で」と言う。そんなお手頃物件はない。私も不動産屋も母をなだめ、中心部から少し離れた物件を一つ紹介してもらい、それを見に行くことにした。

見に行ったところ、駅からは近いが、電車の高架線が部屋の真横を走っていた。これでは落ち着かないので私は嫌だったが、母やそこの家主は「寝に帰るだけだから、大したことはないでしょ」とこともなげに言う。埒が明きそうにないので「考えます」と言って保留にし、一旦そこを出て、他の不動産屋に行こうと母に提案した。

次はどこに行くか。電話帳の不動産屋のページを見ていたら、そこから三駅ほど離れたところの不動産屋が目に入った。そこを提案すると、なんと、母のお眼鏡にかなったのだった。

理由は、母が大学生活を一時期送っていた場所がその地だったからだった。祖母（母の母親）の介護で中退したものの、思い出があるようだった。その地に降り立つと、あそこは何があったなどと懐かしそうに話をしていた。そして、不動産屋へ行き、駅からまあまあ近い、新築の物件に決めることができた。

それで、先ほど内見した物件の家主へ母が電話をしたのだが、その電話を聞いてびっくりした。「高級住宅地の物件に決まったのでキャンセルします」と。

なぜ、こんな嘘を言わなくてはいけないのか、とても疑問に思った。単に「他の物件にするのでキャンセルします」だけでよいのに。

今思えば、母の言動がＡＣ特有のもので、他人にどう思われるかを考えてしまい、正直に話せなかったのだろう。私もそのような傾向があり、正直にそのまま言えばよいのに、脚色して言ってしまうことがあった。

「嘘も方便」とは言うが、嘘を言わなくても、シンプルに伝えればよいということを、その当時はまだ知らなかった。

郵便はがき

料金受取人払郵便

新宿局承認

2524

差出有効期間
2025年3月
31日まで
（切手不要）

1608791

141

東京都新宿区新宿1－10－1

（株）文芸社

愛読者カード係 行

ふりがな お名前				明治 大正 昭和 平成	年生 歳
ふりがな ご住所	□□□-□□□□				性別 男・女
お電話 番 号	（書籍ご注文の際に必要です）	ご職業			
E-mail					
ご購読雑誌（複数可）			ご購読新聞 新聞		

最近読んでおもしろかった本や今後、とりあげてほしいテーマをお教えください。

ご自分の研究成果や経験、お考え等を出版してみたいというお気持ちはありますか。

ある　　ない　　内容・テーマ（　　　　　　　　　　　　　　　）

現在完成した作品をお持ちですか。

ある　　ない　　ジャンル・原稿量（　　　　　　　　　　　　　）

書　名				
お買上 書　店	都道 府県	市区 郡	書店名	書店
			ご購入日	年　月　日

本書をどこでお知りになりましたか?

1.書店店頭　2.知人にすすめられて　3.インターネット(サイト名　　　　)

4.DMハガキ　5.広告、記事を見て(新聞、雑誌名　　　　)

上の質問に関連して、ご購入の決め手となったのは?

1.タイトル　2.著者　3.内容　4.カバーデザイン　5.帯

その他ご自由にお書きください。

(　　　　)

本書についてのご意見、ご感想をお聞かせください。

①内容について

②カバー、タイトル、帯について

弊社Webサイトからもご意見、ご感想をお寄せいただけます。

ご協力ありがとうございました。

※お寄せいただいたご意見、ご感想は新聞広告等で匿名にて使わせていただくことがあります。

※お客様の個人情報は、小社からの連絡のみに使用します。社外に提供することは一切ありません。

A県生活がスタート

実家に戻らずに済み、親と離れて生活できることになった。しかし、大学時代と同様、離れていても、親からのコントロールは続いていた。電話を掛けてきて不在だと「どうした?」と責める。アルバイトは相変わらず禁止。A県のような都会は怖いところだと散々言う。

なかでも驚いたのは、社会福祉士養成校の卒業間近に担当教員の家に招かれた時のこと。クラスの生徒たちと楽しく飲食していたら、教員から「あなたのお母さんから年賀状をいただいているのよ。心配していらっしゃるのね」と言われたのだった。担当教員の住所は母には教えていない。どうやって調べ上げたのか。恐ろしさを感じた。

その後私は社会福祉士養成校を卒業し、福祉関係の仕事に就いた。また、A県でもボランティア活動に参加し、いろいろと活動を続けていた。

しかし仕事については、人間関係がうまくいかず、転職を繰り返していた。まだACの自覚もなく、生きづらさだけがあった。ボランティア活動でその穴埋めをしていたようだった。たまたま何かの雑誌か何かを読んでいて、自分の転職傾向を見直した時、いつも人間関係が原因で辞めていたことに気づいてしまった。

そんな時、私は書店で『母親は首に巻き付く蛇』（金盛浦子著・一九八八年・飛鳥新社）という本を見つけた。

読んでみると、事例の登場人物は私と同じ、母も同じ状況が書かれていた。

それは、母親が過保護と過干渉で子供をがんじがらめにして、子供が生きる自信を失ったり、強迫神経症に陥ったりする事例などが載っていた。

「これだ！」と思い、帰省時にその本を持ち帰り、母に「これと同じでしょ」と言ったところ、「違う！」と真っ向から否定され、スルーされた。自分の姿は省みない人だったので、それ以上、言っても認めないと諦めた。

今思えば、本人にストレートに言っても通じるわけがなかったのだが、当時の私は、親に理解してもらえるのではというかすかな希望を持っていた。せっかく良い本が見つかったのに母には通じず、そこで諦めてしまった。金盛先生に相談することまでは、思い至らなかった。

後年、ＡＣ（アダルトチルドレン）の本が書店に並んでいるのを見かけたが、自分とは関係ないものと思い、買わなかった。今思えば、あの時にそういう本を買って読んでいれば、少しは自分の人生が早めに変わっていたのかとも思ったが、その頃は、私の人生のタイミングではなかったのだろう。

実家に帰るのも正直いやだったが、盆と正月だけは、短期間、帰っていた。

ある年に、母が今の家を建て替えると言った。建て替える間は、近所の家に一時的に引っ越すと。そこまではよいのだが、その次に、私の住民票を移すと言い始めた。その当時は、私の住民票はA県に移していた。それを実家の方に移すと言い始めた。一時的に引っ越すからと。さすがに私もおかしいと思い、役所の無料法律相談に行き、確認をした。弁護士からは、そんなことは必要ないと言われた。それを母に伝えると、何事もなかったように、ケロッと話を覆して「ああ、あれは、住民票を移さなくてよかったのよ」と。母親の思い付きの言動に振り回された。

家を建て替える前の盆休みに、私は実家の自分の荷物の整理をしに帰った。小学校から中学校の間に書いていた日記帳が残っているので処分するためだった。もう二度とこの家に戻らないと考えて、日記帳などをすべて実家の庭で焼き払った。手元に置いておきたいものは持ち出した。

実家の建て替えが終わり、翌年の盆休みに帰ると、母が自慢げに、自分が部屋の設計やデザインをしたと言ってきた。私の部屋も作ったと言うので見に行くと、廊下側が一面ガラス張りで、中が丸見えになるようになっていた。ここまで監視したいのかと、恐ろしくなった。

さらに作り付けのベッドがあった。これは父母の部屋も同じ作りになっていたが、ベッドにクローゼットのような扉がついていて、思わず閉じ込められる恐怖を感じてしまった。

これは後年、現実となってしまって、父が亡くなる直前に、母が父を外に出さないように、ベッドの扉にガムテープを貼って閉じ込めていたと、介護関係者から話を聞いた。

さらに玄関は、防犯のためと言って、電動シャッターが作り付けられていた。外からの侵入を防ぐのだろうが、私にとっては、この家から出られない、閉じ込められてしまうもののように映った。

後年、母が亡くなった後、実家を訪問した時に、叔父が「前に間違ってシャッターのボタンを押してしまって、シャッターが閉まって大変だったから気を付けてね」と言っていた。実家の整理時にも支障をきたす「魔のシャッター」だった。

実家を建て替えた後は、いろいろな理由をつけて帰らないようにしていたが、ある時、両親が上京してきて、「会って一緒に食事をしよう」と言ってきた。気乗りはしなかったが、仕方なくつきあったところ、母が食事中からずっとおかしなことを言い続けていた。

私が不機嫌な態度でいたこともあったが、足を組み替えていたら、「トイレに行きたいの?」と。周りに店員も大勢いるのに恥ずかしい。「違う」と否定すると、「なんで?」としつこく言ってくる。もう食べる気がしないので、あまり食べずに残し、先に出ると言うと「ここの料理がまずかったのね」と店のせいにしていた。

いつも、そうだ。私の行動に対して、勝手に周りが悪いと決めつける、子供の頃から。本当にその日は不愉快になり、「もう二度と両親とは食事をしない。もう会わない」と心に誓った。

ただ、どうすればよいのか、何もまだ見えていない状況だった。

結婚に向けて、母のダメ出し

様々なボランティア活動を行っているうちに、障害当事者団体の活動を通して、夫となる人と出会った。

結婚することを両親に電話で伝えると、A県で会おうと言う。やむなく彼と一緒に、指定されたところに行った。

彼は幼少期に薬の副作用で障害を持った。彼の障害については両親には伝えていた。世間一般の話で、障害を持ったパートナーとの結婚に反対されるという話はよく聞いていたので、覚悟はしていた。

が、両親に会ったところ、反対されず、結婚をあっさり認めてくれた。ただ、その後に、母が私だけにこっそり言った一言が問題だった。

「生まれつき（の障害）でなくてよかった」と。

母は、先天性の障害であれば遺伝するから、と言いたかったのだ。それならば、先天性の障害を持っていたならば反対していたのか。とにかく、母の言った一言は、彼には決して言えない。そんな失礼極まりないことは。


私の両親と彼との顔合わせが終わり、その後、A県で彼と私が活動をしている障害当事者団体の大きな集会が予定されていた。それに合わせて彼の両親と私の両親を集会に招待する形で、両家の顔合わせをすることにした。

彼は、集会会場近くの喫茶店を予約し、顔合わせの準備をしてくれた。集会には、彼の母と兄（父はすでに他界）が見に来てくれた。私の両親は結局来なかった。集会の合間を縫って、両家の顔合わせに彼と共に赴いた。全員揃ったところで、注文をした時、私が「コーヒー」と言うと、母が「コーヒーなんて飲んだら眠れなくなる」と難癖をつけてきた。

それはスルーして、彼が進行を取り仕切り、顔合わせは無事に終了した。が、ここでも、母が私だけに言ってきた。

「あんな店でやるなんて。もっとちゃんとしたところでやらないのか」

「集会は行かない。これ（チケットと集会資料集）捨てといて」と。

彼が忙しい合間を縫ってセッティングしてくれたのに、何を言うのかと腹立だしかった。だが、彼と私はすぐ集会場に戻らなくてはいけないので、両親と喧嘩をしているわけにもいかず、何も言わずに、その場を去った。彼には、母の言っていたことは口が裂けても言えなかった。その後、当事者団体の活動家先輩夫妻に仲人をお願いして、仲人と両家の顔合わせをすることになった。会場は私が母の好みのホテルの一室を用意した。ただ、自分たちで用意したため、最低限の予算（といっても十万円もしたが）でセッティングをした。

当日、終わった後で母がまた、私だけに囁いた。「もっと高いところなかったの？」

何をしても文句をつける。何も言い返す気持ちは失せた。

結婚式場は、いろいろ見て回ったが、父の仕事の関係で費用の割引やサービスが付く会場に決めた。そこは、両親がA県に来る時によく宿泊で使っていた。

結婚式が終わり、会場費の支払いに行った時のことだった。母は結婚式の費用は出すと言って譲らなかったので、そこは任せた。支払いを終えた時、式場の係の方から、サービスで宿泊割引券をいただいたのだったが、その割引券を見た母が「スイートルームの割引券はないの？」と言い始めた。係員も私も「え？」という表情になり、係員が「割引できるのは普通の部屋だけです」と説明をするが、母は粘る。私は「サービスだからね」と話を打ち切り、「ありがとうございました」と言って母を連れ出した。

それでも母は、あれこれ文句を言っていた。いつもは、自分の家はお金持ちだからお金の心配はないと言っているのに、ここでケチるのか？　と、母の矛盾する発言に戸惑った。

結婚式は終えたものの、結婚式にまつわるエピソードが二つある。

一つは、長年同居していた叔母（母の妹）を結婚式に招待したいと母に言った時に、母が「独身で世間体が悪いから呼ばない」と言ったのだ。長年一緒に暮らしてきた叔母なので、ぜひ招待したいと説得し、叔母の参列は認められた。

もう一つは、これは後年、同席していた友人から聞いた話だが、母が式の間中、「あの子は結婚しないと言っていたのに、裏切った」ということを延々と言っていたそうだ。聞いていた友人は、びっくりしたと言っていた。

結婚式の翌日から仕事に行った。私も夫も仕事が休みにくい状況もあり、新婚旅行は別途行こうということにしていた。

翌日、昼休みの時間になろうとした時、職場の建物一階入口から両親がこちらに歩いて向かってくるのが見えた。職場の住所は教えていたかもしれないが、前日の結婚式の日にも何も言われていないし、その日も何も連絡はなかった。突然の訪問。前もって言えば、私に拒否されると思ったのであろう。

両親が来て、職場の人には簡単に紹介をして、すぐ外に連れ出した。両親が「昼ごはんでも」

と呑気に言うので、近くの喫茶店へ連れて行った。両親は「心配して職場の様子を見に来た」と言うが、当時三十六歳の大人に向かってそれはないだろう。

そういえば、前の職場にも、母は叔母に電話をさせて職場の様子を窺ってきたことがあった。その一つ前の職場には、こっそり見に来ていたようだった。そして、必ずその職場のことをけなしていた。

両親といると本当に気分が悪いので、昼食も早々に切り上げて、職場に戻った。職場の人の中には、両親が来てくれてよかったね、みたいなことを言う人もいて、複雑な思いだった。

結婚しても……コントロールは続く

結婚したら、親からの過干渉はなくなると私は思っていた。しかし、それは甘かった。

自宅に母から電話がかかってくる。何かと思ったら、「A県にいる美雪の父方のいとこの優美が離婚したけど、お金を貸してと言ってきても貸さないように」と。

何を言っているのか、訳が分からない。いとこが離婚して、なぜ私のところへ借金に来るのか。母のせいで父方の親戚と絶縁してしまっているので、優美とは何の連絡も取っていない。私の新居の連絡先も知らせていない。矛盾したことを平気で言ってくる母。その時は、「そんなことはないでしょう」とそそくさと電話を切った。

その後も、おかしな電話がかかってきた。夫の実家にお中元を贈ったが、何の連絡もないと。物をもらったら、お礼の連絡をするのが当然だと怒る。私は、夫の実家が自営業なので忙しいのだろうとなだめる。すると今度は、母が「そうだ。デパートがちゃんと届けていないんだ。不正をしている」と言い始める。さすがにこれはおかしいとしか言いようがないので、「そんなことはないのでは」と、またそそくさと電話を切った。

母の思考の傾向は、悪い方へと物事を捉えて、どんどん被害妄想が膨らみ、話がとんでもない方向へ広がっていく。夫の実家は、単に忙しくて忘れていただけだった。

この電話から、これまで以上に母の言動がおかしいと思い、もう電話に出たくないので、とりあえず留守電設定にして出ないようにしていた。


自分の母がおかしいという思いは、ずっと子供の頃から抱いていた。ある日、朝日新聞の書籍紹介欄に『毒になる親　一生苦しむ子供』(スーザン・フォワード著、二〇〇一年、講談社)という本を見つけた。さっそく購入し、読んだ。三十七歳の時だった。

本を読んで驚いた。私の家のことが書いてある、私と全く同じ状況の人の話も。私が求めていて知りたかったことが、全てそこに書かれていた。そしてその時に、私がＡＣ(アダルトチルドレン)だということも確信した。

本を読んで、まず、その本に書かれていたように「毒のある親からの毒抜きノート」を書いてみた。①あなた（親）が私にしたこと、②その時の私の気持ち、③そのことが私の人生に与えた影響、④現在のあなた（親）に望むこと、を書き出していく。次から次へと、親にされて嫌だったことが、出てくるわ、出てくるわ。

ノートに書き終わり、次のステップに進むことにする。親への「断絶の手紙」を出すのだ。本には、親が変わらなくても、この手紙を出すことで、自分が変わることができる、意味のあることだとあった。親が変わってくれればよいとの期待を込めて、ノートに書いた内容を基に、両親それぞれに、昔嫌だったこと、例えば中学校入学時に、脅かされて標準服（制服）ではない服で登校させられたことなど、手紙を書いて出した。

しばらくすると、父から分厚い手紙が届いた。そこには、私の出した手紙の内容を否定する内容と、それに絡んで父の考えていることが書いてあったが、一言で言えば訳の分からないことばかりが書いてあった。

私のことを「過労でノイローゼか軽いうつ状態になっているのではないか」と決めつけていた。そして、私が問うた内容に対する返事は一切なく、全く関係のない話ばかりが書かれていた。例えば、私が小学生の時に地元の神社のお祭りに連れて行かなかったのは、その祭りが「男性のシンボル」をお祀りするものだからなど、意味不明のことばかりだった。

母からは手紙はなかった。父に代弁させているようだった。母は自分が前面に出ないで、父を使って私に言うことを聞かせようとしているようだった。父の手紙にショックを受けたが、また、私は父に返信をした。すると、また父から手紙が来たが、前便と同じで、話は噛み合わず、平行線をたどるのみだった。

私もこういう状況になって、私一人では何ともできないと思った。本にも専門家の助けを借りることが大事とあったので、ＡＣ関係の相談窓口をネットで探した。二つ候補に挙がったところがあり、一つめのカウンセリングセンターに電話をしたが、受付の人の対応が今一つに感じてしまい、そこは行かなかった。

もう一つのところに電話をした。対応してくださった方が丁寧で、ここにしようと決め、カウンセリングの予約をした。

回復への道の第一歩

三十七歳にして、やっと相談窓口につながった。

カウンセリングでは、私の話を、共感をもって聞いてもらえ、父からのおかしな手紙にも「おかしい」と同調してくれる。ただ、具体的な親への対応策は示されない。とりあえず、次回の相談予約を取り、あわせて、そこで行われているグループカウンセリングを申し込んだ。

私は動き始めていた。グループカウンセリングに行き、私と同じような仲間がいること、そして仲間の体験談を聞くことで、励まされた。何よりも、自分が「AC」であることで、今までもやもや霧の中にいたのが、スッキリ晴れて、自分が何者であるかが分かったことが一番嬉しかった。

夫にも状況説明をしたが、夫には理解できない世界（健全な家庭で育ってきたため）のようで「僕には分からない」とはっきり言われた。でも、私のすることには温かく見守ってくれていた。

一方、私の両親は、水面下で夫の実家や夫の職場へ攻撃を仕掛けていた。夫の母には、電話で「最近娘の様子がおかしい。生理だからか」など、他に原因を求めるようなことを言ってきていたらしい。夫の母は、適当に聞き流してくれていた。

夫に対しては、職場に両親で押しかけて「仲人が娘に何か悪いことを吹き込んでいる」など妄想を言ってきていたらしい。夫の職場宛に書留で、延々と仲人の悪口や、当時出版されたばかりの本『抑圧された記憶の神話　偽りの性的虐待の記憶をめぐって』（E・F・ロフタス、K・ケッチャム著、誠信書房、二〇〇〇年）の朝日新聞の書評の切り抜きを送ってきて、私の記憶違いだと主張していた。

夫は私に心配をかけないように、私には黙っていた。ある日、夫のカバンの中に私の両親からの手紙があることに気づき、夫に聞くと、職場に押しかけてきたり手紙を送ってきたりしたことが分かった。

私に直接何かをしてくるわけではなく、間接的に私の周りの人たちにいろいろと策略を仕掛けてくる。私に直接言っても聞かないと思っているのだろう。外堀を埋めていくという陰湿なやり方だ。

私もさすがに困り、夫の母には、親との関係について、手紙を書いて出したりした。夫の母は、「世の中にはいろいろな人がいるわね」とさらっと流せるタイプの人だったので、よかったが、さすがに母からの電話については「また電話がかかってきた」とつぶやいていたことがあった。

ある日、叔母から、自宅の留守電にメッセージが入っていた。急ぐことだからすぐ電話してと。何事かと思ったら、緑内障のことが話題になっているから、気を付けてと。母が叔母に電話をさせたようだった。そして、「よかったら、メールアドレスを教えてくれない？」と言ってきたので、お断りした。

それからは、実家からの電話は着信拒否にした。


個人カウンセリングは半年ほど通って、あとはグループカウンセリングやセミナーに参加するようにシフトしていった。ＡＣに関する本もたくさん読んだ。

そのような中で、自分は「心理的虐待」をされていたことに気が付いた。自分のされてきたことが「虐待」であったこと、それはある意味ショックだった。よく見聞きする児童虐待の話は、どこか他人事で、身体的虐待をイメージすることが多かった。それが自分のことになったのだ。ACという立場、「虐待」だったという事実、それぞれにラベリングされたことで、自分の中にストンと落ちるものがあった。

グループカウンセリングやセミナーで、「感情に名前を付ける」というものがあった。確かに、「自分はどうしたいのか」「何を感じているのか」分からない状態だった。私が子供の頃から、母が「こう思っているんでしょ」「こっちがいい」と勝手に決めつけていた。逆らっても、親には聞き入れてもらえなかったのだ。

様々なワークを通して、私は感情を表す言葉を使えるようになっていった。また、「YOU（あなた）メッセージ」ではなく、「I（私）メッセージ」(註)で話すことも覚えた。一つ一つ、今までに経験のなかったことを、子供が言葉を一つ一つ覚えるように覚えていった。

時折ふと、「健全な家庭で育った人は、自然に身に付けているのだろうな。私のようにお金を払って練習をして身に付けていかなくてもいいのだな」とうらやましく思うこともあった。

共依存(註)やトラウマなども学んでいった。なんとなく分かるが、実感としてはまだまだな感じだった。当時、親友と思っていた人が、実は後年考えてみると、その人は母親そっくりの行動をとる人で、私はその人と共依存関係にあったということが分かった。

私は仕事でも残業が多く、他の人が困っているのだろうと他の人の仕事を優先してやってしまい、自分の仕事は後回しでいつも残業になっていた。一度、カウンセリングを受けていた団体の雑誌に残業のことで投稿したことがあるが、投稿には「残業しない」と書いていたが、実際にはその後五十五歳で適応障害を発症して退職するまで、残業三昧の日々を送っていた。

私の中には、仕事は「他人との共同作業」という意識がなかった。また、自分から「助けて」「手伝って」と言えずに一人で抱え込んでしまう。キリをつけることもできずに、気になることは「今やっておかねば」とやってしまい、定時を過ぎてしまう。他人に頼んだら頼んだで、他人のやり方が気に入らずにやり直してしまう。

その当時は、まだ「他人がどう思うか」と考えてしまい、「自分がどうしたいか」が確立できていなかった。なので、仕事の抱え込み、頼まれていないのに他人の仕事までやってしまう(それで他人から感謝されていると思っていた)、生きづらさをまだまだ抱えていたのだった。

両親とは連絡を取らずに、自分から両親と「絶縁」していた。しかし、母のリサーチ能力は最たるものだった。

二〇一一年の東日本大震災をきっかけに、私はTwitter(現・X)を始めた。東北地方にも友人がいるので、実名でTwitterをしていた。すると、母は叔母を使って、ネットで調べたのか、私のTwitterを見つけ、読んでいたのだ。それが分かったのは、夫の実家に行った時、夫の母と私の失敗談を話していると「お母さんも言ってたねえ」と夫の母が言ったのだ。夫の母は、口を滑らしてしまったという顔をしたが、事の顛末を説明してくれた。すぐ、そのTwitterのアカウントは削除した。

また翌年二〇一二年六月に、夫と一緒に、障害当事者団体の国際会議に参加をした。その時の様子を、夫はブログにアップしていた。そのブログを母が叔母経由で見ていたことが分かった。それも、夫の母と話をしていて分かったことだった。

とにかく、どんな手を使ってでも、監視をしている。恐ろしいと思った。

夫曰く「あんたのお母さんなら、今住んでいるところも探偵とか使って調べ上げるだろうね」と。

結婚後、一度引っ越しをして、その住所は両親には伝えていない。しかしそれが現実になるとは、その時は夢にも思っていなかった。

母の死後、母の持っていたアドレス帳を見ると、私の現住所、教えていない職場の電話番号や住所、夫の転職先、仲人の引っ越し先などが書かれていた。少なくとも母には私たち夫婦の個人情報は教えていない。仲人や夫の母から聞き出したのであろうか、または夫の想像のように探偵を使って……?

とにかく、ここまで調べ上げているとは、恐怖だった。

（註）Ｉ（わたし）メッセージ、ＹＯＵ（あなた）メッセージ……自分を主語にして気持ちを伝えるやり方が「Ｉ（わたし）メッセージ」。例えば「そんなふうに言われると、私は悲しい」のように。逆に、相手を主語にして「そんな言い方をするなんて、あなたはひどい」のような言い方を「ＹＯＵ（あなた）メッセージ」と呼ぶ。ＹＯＵメッセージの背景には、被害感情・べき思考・コントロールなどが存在する。背後にあるものに気づくことで、他人からのＹＯＵメッセージによる批判を手放すことができる。また円滑なコミュニケーションのためには、自分が発するＹＯＵメッセージに気づき、背後にある感情や願望をＩメッセージとして伝える練習が役立つ。

（註）共依存……もとは「アルコール依存症者の配偶者が陥りそうな状態」を指して、援助の現場で使われた言葉。アルコール依存症者がアルコールにとらわれているのと同じように、アルコール依存症者をなんとかすることにとらわれている家族の状態を表した。やがてそれは援助者自身を含めて「相手の問題に巻き込まれた状態」や「相手の問題解決に相手以上に必死になっている状態」を広く指すようになる。さらに、その背景にあるパターンが注目され、「他人のニーズや感情などに注意を奪われて自分自身に焦点が当たっていない生き方」を表す概念ともなった。こうした自己喪失の状態や生き方は、人間関係やアルコールの酔い、ギャンブルの高揚で自分を満たそうとするなど、さまざまなアディクションの背景ともなる。

介護問題勃発

二〇一五年、私が五十一歳の時、夫の母から連絡が入った。

母が夫の実家を連絡先にしていたのか、実家の地元の病院から娘に連絡を取りたいと言われているとのことだった。

地元のT病院の担当医師宛に電話をした。医師が開口一番、母の話が通じないので娘である私に話を聞いてほしい、と。医師の話を聞くと、母が訳の分からないことを言って、取りつく島がなかったそうだ。

医師の話では、父が大動脈解離で命の危険があるので、親族に説明をしておきたかったということだった。医師には、私の親子関係を話し、私から病院に連絡をしたことは両親には伏せておいてほしいとお願いをした。延命措置の希望は「なし」と伝えた。

その後、夫の実家に、実家の地元のケアマネージャーから「娘さんと連絡を取りたい」と連絡が入った。電話をしてみると、R事業所のNケアマネージャーが担当で、父が要介護状態で、母も半身麻痺なので母が父を介護することは難しいだろうと。叔父夫婦が呼ばれて介護をしているとのことだった。

Nケアマネージャーには、私と両親の関係を伝えたところ、実家がある市の介護福祉課に連絡をとってほしいと言われ、連絡をとった。市にも事情を伝え、私は介護はできないと伝えた。

その一方で、私は弁護士に相談に行った。父がもし亡くなった場合、相続が発生したら、母と連絡を取り合う必要が出てきてしまう。それは避けたいので、相続放棄をしたいと考えていた。

相談は、私のような立場を理解してくれる弁護士にしたかった。たまたま、前年あたりから、A県弁護士会主催の、教育虐待をテーマにした劇を見ていた。劇中では、コタン（子供担当弁護士）や子供シェルターの話などが出ていた。この弁護士会なら、私のような立場も理解してもらえるのではないかと、その弁護士会の相談窓口に行き、親子関係の説明と、相続放棄をしたいと相談した。相談担当のK弁護士に、もしもの時はお願いしたいと話をして、連絡先をいただいた。

冬になり、地元の市の介護福祉課から、今まで電話だけのやりとりだったので、本人確認の意味で市役所に来てほしいと呼び出しがあった。

冬のある日に、地元の市役所まで出向いた。

市介護福祉課、地域包括支援センター、Nケアマネージャーなど関係者が集まっていた。私が父の介護ができない状況であることを確認し、今後の介護方針を話された。市長同意で特別養護老人ホームに入所措置をとるとのことだった。入所にあたっての身元保証人について、私はできないと伝えていたので、市から父に後見人をつけてはどうかと提案してくれていたが、後見人を付ける気はないと父に言われ、その時介護をしていた叔父に身元保証人になってもらうこととなった。市の関係者は、私の親子関係についてはかなり理解をしてくださっており、それにそって、市長同意での措置を進めてくださっていた。

介護関係者が雑談めいたことを話している時に、母の異常な行動を聞くことになった。

ケアマネージャーが実家を訪問した時に、母がいつもマスクをしている。家の中がいつも埃っぽい。家の中にはなかなか入れてくれない。父が顔に青タン（青あざ）を作っていて、母に聞くと「転んだ」と言っていたと。

即座に私は「母がやったのだと思います」と答えていた。

また、父がベッドから出歩かないように、クローゼット状のベッドの扉を閉めてガムテープを貼り閉じ込めていたと。

市の担当者が父の措置入所を発表した時に「母の面会は制限しない」とわざわざ言っていたので、私は父への介護虐待が疑われているのだと思ってしまった。

後日調べてみると、老人福祉法による「やむを得ない事由による措置」が採られた場合、高齢者虐待防止法で、市町村長や養介護施設の長は、虐待の防止や高齢者の保護から、養護者（母）と高齢者（父）の面会を制限できるとされているからだった。

父の措置入所に伴い、母の介護計画も話し合われた。母も一人で在宅生活は厳しいだろうということで、ヘルパーを入れるか、ショートステイの利用などが話し合われた。母が受け入れるかどうかの問題ではあった。

その後は、Nケアマネージャーと連絡を取りながら、両親の様子を確認していた。

父が死んだ

年が明けて二〇一六年二月二十九日。私は、仕事を休んでスノーシューハイクに行っていた。

ハイクが終わり、温泉から出て一休みしていたら、携帯に職場から留守電が入っていることに気づいた。職場に電話をしたら、親戚の叔父さんから電話があって、連絡してほしいとのことだった。また、母親から誰かが死んだという電話が来た、ということも言われた。

親には職場や連絡先は伝えていなかったのに、「どうして？」と思いつつ、連絡はしたくなかったが叔父に電話をした。すると、父が明け方に亡くなったとのことだった。叔父も、母に「この電話番号に電話をして」と言われて、言われるままに私の職場に電話をしたらしい。

上司からは「大丈夫？」とメールが来る始末で、「母が精神的に不安定で変な電話をしてしまい申し訳ありません」とだけ伝え、父が死んだことは伏せた。

なぜならば、父が死んだと伝えれば、職場から香典を出すことになっており、忌引の申請も言われるだろう。そうすることで、職場の人たちが私の家庭事情に関わってきてしまう。それだけはどうしても避けたかったのだ。

翌日、職場に行くと、同僚から「(母からの)電話がすごく怖かった」「人が死んだと言っていた」と言われた。同僚にも謝った。

母がなぜ私の職場を知っているのか、仲人が私の職場の所長でもあったので、仲人とのやり取りで知ったのか、なぜかは分からないが、また職場に電話をしてくる可能性があった。

所長に、母からの電話を着信拒否にできないかと相談してみたが、私の職場は公的なサービスを提供している施設でもあったため、「できない」と断られてしまった。

父が亡くなったことで相続放棄の手続きの相談もしなければならず、K弁護士のところへ行った。相続放棄の手続きをお願いするとともに、母が職場に電話をしてきて困ることや、夫の実家や職場にも電話をされたりして困っていることを相談した。

するとK弁護士から、連絡先をK弁護士の事務所にしてはどうかと提案があった。K弁護士の事務所から母に通告文を出せば、一定の効果があるのではと。費用は十万円かかるが、お願いをした。

それからは、夫の実家にも電話は来ず、私の職場にも電話はかかって来なくなった。外面のよい母のことなので、外部の第三者が入ったことで、行動に抑制がかかったのだろう。

父が亡くなったことで、担当のNケアマネージャーは任務を解かれることになった。電話でお礼を伝えた時に、Nケアマネージャーから、「実は私もACなんです」と打ち明けられた。だから、私の立場はよく分かると。

偶然にも、同じ立場で理解してくれる方に巡り合えたとは。Nケアマネージャーもだが、市の介護関係者も、私の立場を尊重して進めてくださり、本当に良い援助職だと思った。


さて、ここで介護に突然呼び出された叔父について話をしよう。

この叔父は母の弟で、前にも書いたが、結婚の際、母の反対に遭い、反対を押し切って結婚したため、母から絶縁されていた。

母は何でもケチをつけて反対する人間なのだが、叔父の場合は、結婚相手が某宗教団体に入っているからという理由だった。事実は違い、叔父の奥様の弟が大学在学中に信者の先輩から無理やり勧められ、やむなく付き合いで一時期入っていただけだったとのことだった。それを母がどのような方法を使ったのか分からないが調べ上げて、その宗教団体の幹部のところにまで行って聞いてきたとのことだった。

そんな、母の勝手な思い込みで絶縁した叔父を、今回、自分の都合で介護のために呼び出したのだった。

叔父も、訳が分からなかったが、自分の両親（私の祖父母）の面倒を見てもらっていたこともあり、申し訳ないと思い、夫婦で介護に来たとのことだった。

叔父夫婦は、実家から遠く離れたB県に住んでおり、実家に泊まり込んでは、自宅との行き来をしていたそうだ。母からは、「毎月五十万をあげるから介護して」と言われていたそうだが、実際はそうではなかったそうだ。叔父夫婦は、母の認知症の「物盗られ妄想」発症まで介護を続けていた。

叔父も母にはひどい目に遭っていた。父の相続放棄の手続きをして分かったことだが、叔父名義の実家の土地を勝手に「生前贈与」として母名義に書き換えられていた。叔父も後年、地元の不動産関係の知人を通して調べてもらってその事実を知ったと憤慨していた。ただ、残念ながら、十五年以上も経っており、時効になってしまっていた。訴えることもできない状況だった。叔父だけではなく、祖父母の持ち分、叔母の持ち分も、それぞれが死亡した時にすべて母名義に書き換えられていた。

叔母が亡くなった時も叔父にはすぐ知らせはなく、家庭裁判所から呼び出されて初めて叔母の死を知り、すべて母に財産は渡すと書かれた遺言書を読み上げられて、同意するしかなかったとのことだった。私は、その遺言書も母が叔母に書かせていたのではないかと推測する。またたは、母が偽造したことも考えられなくはない。母は、お金にはかなり執着していたようだった。それは、母が特別養護老人ホームに入所した後にも、エピソードがある。

話がそれてしまった。話を戻す。

叔父に父の介護をしてもらっていた当時、叔父が母と一緒にいるので、うかつに私が叔父に何かを言ったら、母に筒抜けになると思い、慎重にしていた。

また、叔父とは何十年も交流を絶っていたため、叔父も父母と同じような人なのか、違う人なのかどうか、様子見をしていた。

叔父に私が市の担当者と連絡を取り合っていると伝えたところ、その翌日に母が市の介護担当者のところに行って、私の連絡先を教えろと言ってきたと、市の担当者から連絡があった。これで叔父に言ったことは母に筒抜けなのだと分かった。叔父を信用するかどうかは置いておいて、母に筒抜けになることは分かったので、より一層慎重にならざるをえなかった。

書き忘れていたが、父の死に対しての私の気持ちだが、悲しみなど一切なかった。やっと私を虐待していた人間が一人この世から消え去ってくれたという気持ちだけだった。残るは大物の母一人か、とあらためて思うのだった。

今回の父の死で、母との関係を持ちたくないために相続放棄をした。K弁護士に相続放棄申述書を作成してもらった。相続放棄の理由に「幼少時から両親による精神的虐待を受け、現在は連絡を絶っており、母と共に相続人になることを避けるため」と記述されていた。私の意思を書いてもらった。これで父の財産は全て母の懐に入ることになるだろう。だが、母が死んだら、その全財産を今までの虐待の慰謝料として私がもらうと心に決めた。

子供が親を虐待で訴えるにしても、すでに時効が過ぎていた。親に虐待されていたと自覚できるまでにはかなりの時間がかかる。中高年になってからというケースもある。刑法では、虐待の罪状にもよるが、時効は暴行罪・強要罪で三年、傷害罪で十年など、気づいてからでは間に合わない。実態に合った法改制を望みたい。

相続放棄の手続き書類を地元の家庭裁判所に提出するに当たり、万一、母が家庭裁判所に私の現住所を照会してくることも考えられたので、「非開示の希望に関する申出書」をK弁護士に作成してもらった。非開示を希望する理由がいくつか書かれており、□に✓をするようになっている。

私の場合は、一つは、「当事者や第三者の私生活・業務の平穏を害するおそれがある」。もう一つは「その他」として具体的な理由を書かせる欄に、「申述人の両親は、申述人の幼少時から暴言、嫌がらせ行為等の精神的虐待を継続的に行っていた外、申述人の婚姻後も申述人の夫の職場に押し掛けたり、夫の親族にも暴言を浴びせる等の行為が度々あったことから、平成十五年以降、申述人はやむを得ず両親との連絡を絶ちました。母には現在の本籍地や住所地（本籍地と同じ）を知らせていませんが、これを知られた場合、母が申述人の住所地に押し掛けるなどする可能性が極めて高いため、申述書及び申述人の戸籍謄本の非開示を希望します」と書かれてあった。

あらためて、文字化されると、客観的に自分の状況を見ることができた。私はこれまでずいぶんひどいことをされてきたのに、長年「親だから」と耐えてきた。こんなことを、もし他人に行ったら「犯罪」になると思った。自分が親にされてきたことを客観視できたよい機会だった。

母の介護問題

父が死んで、母が一人残された。

母の希望は在宅生活だったようだが、市の介護関係者の協議で、在宅での一人暮らしは難しいだろうと判断され、ショートステイを入れていく方向になった。将来的には施設入所も視野に入れていた。この時点でも、まだ相変わらず叔父夫婦に介護を頼んでいるようだった。

父が死んで二年経った二〇一八年の六月に、K弁護士の事務所に叔父から連絡が入った。母の物盗られ妄想がひどくなってきて、どうしようもないと。認知症も発症していたようだが、もともと疑い深く、何でも独り占めしたい欲求が強いことも拍車をかけたようだった。

最初は、叔父夫婦が、家の中のちょっとしたもの（風呂敷など）を盗んでいると言い始め、最終的には、叔父が金庫の中のお金を某宗教団体に献金をして幹部になろうとしていると言い出した（私の家の留守電にも吹き込まれていた。着信拒否をしていたが公衆電話からかけてきていたようだった）。

これには叔父夫婦も参ってしまい、B県の自宅に引き上げていた。引き上げても、母からおかしな電話がかかってくるので、困っていた。母の糖尿病も悪化しているようなので、どうにかしなければと叔父は言っていたそうだ。

それで、母のショートステイを頼んでいるM園施設のケアマネージャーと連絡を取り合った。今後の介護について、関係者で話し合った方がよいということになった。法律的なことも確認したいので、私のお世話になっているK弁護士も一緒に来てもらえないかとのことだった。

そして、七月の某日、母がショートステイで実家に不在の日を狙って、実家近くの地域包括支援センターに、私、K弁護士、叔父、M園ケアマネージャー、地域包括担当者で集まった。M園ケアマネージャーの取り計らいだ。

叔父は実家に泊まっているようだった。叔父もうすうす私と母との関係に気づいており、母の言動のおかしさにも気づいているようだった。今日、介護関係者で集まったことや、私も来ていたことは母には伏せておいてほしいと、集まる前からお願いをしていた。

これからの介護方針等について、話し合った。叔父夫妻がこれ以上介護を続けるのは難しい、私も無理。施設入所を視座に、後見人を立てる方向で話がまとまった。施設入所の保証人は叔父も私も無理なので、後見人を立てる必要があった。M園ケアマネージャーから後見人を立てることを、うまく促してもらって説得することになった。

段取りとして、近日中に、母は認知能力検査を受けに行くことになった。私から、精神科の診察も合わせて受けられないかと提案してみた。精神科の受診は、本人が了解しないと難しいし、特に母の場合は、「自分はまともだ」と思い込んでいるので、今まで精神科の受診にはつながらなかった。娘の私が見ている限りでは、「自己愛性パーソナリティ障害」に思えた。M園ケアマネージャーは、認知機能検査と併せて、精神科の受診を考えてくれた。

関係者が集まった時に、びっくりしたエピソードがあった。母がショートステイに行った時に、紙袋に入れた荷物を事務室に預けに来たらしい。担当ケアマネージャーがたまたま休みの日だった。本来は利用者の荷物は預かることはできないのだが、どうしてもと押されてしまい、事務所で預かってしまったそうだ。翌日、担当ケアマネージャーが来て、荷物の中身を確認すると、なんと現金六〇〇万円が入っていた。家に置いておくと盗られるからと、持ってきていたらしい。担当ケアマネージャーが本人を説得し、銀行に預けることにした。

銀行に預けたのはよいのだが、その後、それが所得として換算され、介護保険料が上がってしまったという後日談まであった。

八月に入り、母が体調を崩して入院してしまい、認知症検査に行く予定が少し延期になってしまった。叔父が入院に付き添ってくれていたようで、K弁護士事務所に叔父から連絡が入っていた。叔父もずっと実家の方にはいることはせず、一旦、B県の自宅に戻るとのことだった。九月に入り、M園ケアマネージャーからK弁護士事務所に連絡が入った。母が認知能力検査を受けたが、認知能力は正常だったと。十月にもっと詳細な心理検査を行う予定とのことだった。

そして、後見人の件について。認知能力の検査や心理検査の結果で、もし、母に一定の判断能力がある（ただし財産管理を自分でするには不十分）との結論になるのであれば、申立人は叔父ではなく母本人になった方がよいのではないかと。後見人が付く場合は、おそらく「保佐」か「補助」になり、財産管理は任せることになるだろうということだった。

十月になり、叔父からK弁護士事務所に連絡が入った。叔父が日帰りで、母が入所予定のA老人健康保健施設（実家の近隣市）へ行ってきたとのことだった。そこで、現M園ケアマネージャー、入所先のA園担当者二名、後見人予定のI弁護士と会ってきたそうだ。I弁護士は、母が知人の紹介で見つけてきたらしい。

その後私から、現M園ケアマネージャーに連絡をしてみると、精神科では「不安症」と言われたと。ただ、認知能力に問題はないと検査結果が出ているので、任意での後見人の依頼になり（市長申立てではなく）、依頼手続きを進めているとのことだった。あわせて病院の退院手続き、A老人保健施設への入所手続きも進めているとの報告だった。

数日後、十月の終わりに、また叔父からK弁護士事務所に連絡が入った。母が十一月からA老人保健施設に入ることが決まり、後見人もI弁護士に決まったと。ケアマネージャーも代わるので、一度関係者の顔合わせをした方が良いのではないかと提案があった。叔父は母から「叔父が自分の財産を流用した」と後見人のI弁護士に伝えられてしまい、実家へは出入りできなくなってしまっていた。顔合わせは、母抜きでやった方がよいと提案があり、私も同意し、K弁護士から母の後見人のI弁護士に連絡を取り、関係者が集まる日程を調整することとなった。

十一月初めに、関係者がA老人保健施設に集まった。母は居室にいるが、関係者が集まることは知らせていない。施設入館時の手続きも、施設担当者に事情を話し、私や叔父、K弁護士の名前は書かなかった。万一、私が訪れたことが母に知られてしまうと、また大変なことになると予想されるからだ。

A老人保健施設のケアマネージャーとI弁護士には、私と叔父の立場・状況を説明した。I弁護士の方で、母の後見人の手続き（任意契約）を進めていただくことにした。

話の中で、母は叔父に毎月五十万円を払って介護を頼むと言って、実は叔父に命令して銀行口座から頻繁に現金を下ろしていたことが分かった。それを母がI弁護士に、叔父が財産を盗んでいると言い始めていたのだった。叔父の話に嘘はなく、母の妄想であると確認した。

その会合の後、I弁護士との任意契約による後見が始まった。

新たな保証人を探せ！

I弁護士の任意契約による後見で、保証人がI弁護士となり、母はA老人保健施設に入所できていた。

ただひとつ、私の中で、いや、母を知る関係者にも、懸念があった。母の気の変わりが早いことだ。つまり、ある日突然、気に入らないと言って人間関係を断つパターンがあることだった。

そんな嫌な予感が的中し、翌年二〇一九年の夏、七月頃に、A老人保健施設から私に電話が入った。「I弁護士が後見人を降りたので、保証人がいない。あなたは保証人になれないのか。支払いしてほしいものもある」と。

私は一旦考えさせてほしいと電話を切った。頭の中で「私が保証人になる？　でも、いやだ。お金もないし。どうすればいい？」と一晩考えてしまった。

翌朝、地元の市介護福祉課に電話をして、相談をした。父母の介護のことで、お世話になった担当者が対応してくださった。地元のNPO団体で身寄りのない方を支援している団体があるので、そこに連絡をしてみるといいというアドバイスを受けた。

しかし団体の電話番号を聞いて電話をしてみたが、つながらない。そこで、今度は、地域包括支援センターの担当者に電話をした。以前、顔合わせをしてお世話になったS相談員が対応してくださった。市から紹介されたNPO団体に連絡がつかないと伝えると、K理事長の携帯電話番号を教えてくださった。横のネットワークのつながりが強いことに感謝した。

すぐにK理事長に電話をして、後見人（身元保証人）をお願いしたいと伝えた。

後見人申請へ

NPO団体のK理事長から、実娘の私から後見の申し立てをするように勧められた。その方向で進めることにした。

八月初旬、地域包括支援センターのS相談員から電話があり、母と面会した時の様子を報告された。母は、友人に頼んで在宅で生活を送りたいと思っていたが、友人からは無理と言われ、NPO団体のK理事長に後見人を依頼することに承諾したそうだ。次回の母との面談までに、本人には伏せて娘から後見人（補助）の申請書を出し、その後家庭裁判所の手続きをする段取りとなった。

九月中旬、地元の家庭裁判所に申し立て手続きに行った。ここで初めてNPO団体のK理事長と対面した。地域包括支援センターのS相談員も同席。家庭裁判所係官へ申請書類を提出した。その際、私の現住所を母に知らせたくないため「非開示の希望に関する申出書」を書いた。以前、父の遺産相続放棄をした時に弁護士に作成してもらったことが、この時に活かされていた。念のために弁護士が作った申立書のコピーを持ってきたのが役に立った。私だけでは書くことはできなかっただろう。

書類を書いている時、K理事長、S相談員、家裁係官が、母について雑談をしていた。聞いていると案の定、対応が大変、お金のことだけは人に任せられないと譲らないので、後見は身上監護のみ、金銭管理は本人がすることになる、と。また、家裁の係官からは、以前の後見人のI弁護士が家裁係官の目の前で母に首にされたエピソードを語っていた。母のことは、同席した皆が、同じように感じているようだった。

手続きが終わり、今後のことをK理事長、S相談員によろしくお願いした。K理事長には、「(母が)死んだら連絡してください。それ以外は連絡しなくていいです」とお願いした。

叔父に後見人申立ての手続きが終わったことをメールで伝えた。叔父は「これから平穏な生活ができるので、ホッとした」と返事があった。「お金を盗っている」と言われ始めてから、母からのおかしな電話攻撃にさらされて、心身ともにヘトヘトになっていたようだった。

それでも叔父は身内なので、気になったのか、その後、老人保健施設に様子を聞くために電話をしたようだった。すると、もう、母はそこにはいないと言われたと。私に、どこに移ったか照会するメールがあった。叔父には「後見人には、死んだら連絡してもらうように伝えています」とだけ返信した。その後、叔父からは連絡は来なかった。

その後K理事長から、母のことでは何も連絡もなかった。連絡がないことは、母が生きているということ。私は「まだ生きているのか」と、母への怒りを抱えたままだった。

II

母が死んだ

後見人をK理事長に頼んでから三年が経っていた。

二〇二二年七月十二日火曜日、K理事長から電話が入った。地元のH病院内科に母が入院しているが、医師から娘さんに話があるとのことなので、電話してほしいと。

H病院に電話をすると、看護師が対応した。今朝から、母に呼びかけても反応がない、延命措置を希望するかどうか、とのことだった。私はきっぱり「(延命措置は)希望しません」と答え、電話を切った。

電話を切った後、何となく自分の予定を空けておかなければと感じてしまった。それで、週末に予定していた登山はキャンセルをした。八月中旬にも登山の予定を入れていたが、これもキャンセルをした。コロナ禍になってから、遠方への登山は控えていたのだが、今夏は思い切って登山に行こうと思い立って計画をしていた。しかし、行くタイミングではなかったのだと悟った。

その日の夜は、非常勤で勤めている福祉施設の宿直だった。夜、宿直室のベッドに横になった時、なぜか「怖い、怖い。この気持ちをどうにかして」という思いが湧き起こった。

そんな嫌な予感が的中した。

翌朝、五時前に、携帯電話のバイブレーターで起こされた。H病院からだった。今朝、母が亡くなったと。

私はこれから午前十時まで仕事があるので、簡単に「そうですか」とだけ答え、病院から後見人への連絡も頼み、電話を切った。

「ついにこの日が来た！　やったー！」と心の中で叫んだ。

子供の頃から待ち望んでいた日が来たのだ。もう母からの嫌がらせもない、平穏な日々が送れるのだ。

仕事が終わった後、すぐ、後見人のK理事長に電話を入れた。後見人のところにも、病院から電話があったとのこと。後見人の方で、死後の手続き諸々を執り行ってくれるとのことだった。

両親は宗教をバカにしていて「無宗教」を名乗っていたので、無宗教で一番安い葬儀でとお願いした。必要なことのみお話しし、一旦電話を切った。すぐ午後から、別の仕事を入れていたためだ。

あらためて、夜、再度、後見人に電話をした。火葬の日程がその週末の七月十六日土曜日に決まり、時間は葬儀社からの連絡待ちとのこと。葬儀のような儀式はせず、出棺見送りと火葬のみにするとのこと。詳細が決まったら、また連絡してもらうことになった。

後見人からは、「美雪さんは仕事を休まなくても大丈夫。こちらに任せて」と言われ、安心した。この後見人は、困難なことがあっても、明るく笑い飛ばしてしまうようなパワーの持ち主で、今回も私は心を支えてもらい、かなり助けられていた。

後見人との電話の後、叔父に電話をした。叔父も淡々と受け止め、火葬の時間や場所をあらためて連絡すると伝え電話を切った。

土曜日に火葬となったので、実家の様子を見に行くことや後見人との今後の相談もあるだろうと思い、土曜日に実家の地元に泊まることにした。叔父の話では、実家はとても泊まれるような状態ではないと聞いていたし、私自身、実家には泊まりたくない気持ちが強かったので、ネットでホテルを探した。だが、ビジネスホテルはほとんど満室か、料金が一万円以上のものしか出てこない。仕方なく、ターミナル駅の近くの、一万二〇〇〇円のホテルを予約した。通常なら、一万円以下で泊まれるところなのに。よく考えてみたら、地元は有名観光地でもあり、コロナ禍が落ち着いたということで、この七月の連休は三年ぶりに伝統的なお祭りがリアルで開催されることになっていたのだ。

あと一つ、日程調整が必要な仕事があった。今回は、母が亡くなったので、と率直にメールで伝えると、事業所の規定で香典と弔電を送ると返事があった。見送りと火葬だけにしていたので、弔電は辞退し、香典のみいただくことにした。以前、父が亡くなった時は、家族の話をするのが嫌で父の死を伏せていた。今回は普通に母が亡くなったことを言えて、香典もいただけるということが、私にとっては新鮮なことだった。

機能不全家族に生まれて、自分の家族のことを隠して誤魔化しながら生きてきたが、やっと、「普通」に手続きができたことが嬉しかった。ただ、家庭の複雑なことは話さず、世間に通りやすい言い方で伝えた。

そして仕事やボランティア活動で影響の出そうなところだけに限定して、事務的に「母が亡くなったので、〇〇日まで休む」と伝えた。中には、「お悲しみのことでしょうね」とメールに書いてくる人もいたが、それはスルーした。

健全な普通の家庭では、きっと大事な人が亡くなって「悲しい」のだろうな、と思った。私の育った家庭では「死んでくれてよかった。ホッとした」と思ってしまうこと自体が悲しいことだと思った。

健全な家庭で育った夫は、お見送りだけでも参列したいと言った。私のことも心配してくれたのだろう。私への夫の気遣いが嬉しかった。

出棺見送り、火葬の詳細も決まり、その当日、七月十六日土曜日に地元へ帰った。

ターミナル駅は観光客で溢れかえり、三年ぶりの祭りのお囃子が放送で流れていた。観光で楽しげにしている人たちを見て「いいなあ」と思いつつ、葬儀場へ向かった。

後見人との約束の時間より早く着いたが、葬儀場には、すでに叔父が来ていた。部屋でポツンと座って待っていた。急なことで、叔父は喪服の用意ができず、グレーのポロシャツを着ていた。

叔父に夫を紹介した。そういえば、私が結婚した時は、叔父は母から絶縁されていて、叔父を結婚式に呼ぶことも許されていなかったので、叔父とは初対面になるのだった。後見人が到着するまで少し時間があったので、叔父と私は雑談をして時間を潰していたが、出てくる話は、母にはさんざんな目に遭ったということばかりだった。だが、その話をすることで、気持ちが共有されて、自分の話を受け入れてもらえるということが大きかった。もし、「お母さんは素晴らしい人だった」とか「そんなことを言うのは親不孝者」だの否定されたら、もっとつらくなっていただろう。夫は、叔父と私の話を黙って聞いていてくれた。それも大きかった。

葬儀社の方が来て、母の顔を見るように促された。私は顔など見たくもなかったが、ここで拒否するのも説明が面倒なので、やむを得ず了承した。係員がお棺の顔の部分の扉を開けた。思い切って顔を見たら、意外と穏やかな顔をしていた。しかし、すぐその場を離れた。一分一秒でも顔を見続けるなんて、耐えられないのだ。

約束の時間に、後見人がいらした。後見人は、入院中の母の身の回りのものをまとめて持ってこられていた。渡されたので、とりあえず受け取る。私は母の持ち物を、絶対持ち帰りたくなかったので、お棺に入れられるものは極力入れた。葬儀社の方が「これも入れるんですか？」と言われるほどだったが、とにかく持ち帰りたくない、私は持っていたくないので、棺に入れた。時間がなかったので、手提げ袋に入っていた細かいものは、確認できなかったので、とりあえずそのままにした。お坊さんは呼んでいないので、後見人が用意した読経のテープを流し、見送りとした。

この後、後見人は用事があり、夫も仕事の都合で帰るので、叔父と私のみ火葬場まで行くことになった。後見人とは、次の日の午後、後見人の事務所に叔父と共に訪問する約束をした。

山奥の市営の火葬場に着き、一時間ほどロビーで待つように言われた。私は、先ほどの母の遺品の手提げ袋の中の小物類を整理した。

遺品の中から、手書きの住所録が出てきた。中を見て驚いた。私の現住所や、父が亡くなった時の私の職場の住所、夫の転職後の現職場、仲人の転居後の現住所など、事細かに書かれていた。

私は思わず「怖っ！」と言ってしまった。何よりもそれが一番怖かった。母の私への執着心がはっきり見えてしまった。怖いし、気持ち悪かった。母のことなので、夫が以前言っていたように「探偵でもなんでも使って調べあげるだろう」が的中していた。

おそらく、仲人や夫の母や関係者に聞きまくっていたのかもしれない。そんな能力をこんなことに使わないで、他のことに使っていたらどれだけよかっただろうと思った。

小銭・テレホンカード、鍵、住所録や手紙などの個人情報の載っているもの以外は、火葬場には申し訳ないが、火葬場のゴミ箱に捨てさせてもらった。財布などの小物は、すべてブランドものだった。叔父が言っていたが、高価な物ばかりを買い漁っていたと。私が子供の頃からそうだった。高級品を持っていることで、自分を価値付けていた人だった。

遺品の整理をしているのを見て、叔父が、介護に通っていた時に母から預かっていた実家のカギと金庫のカギと思われるものを、私に渡してくれた。私も、最後に実家に行った時に渡された鍵を持ってきたので、照合してみると、玄関扉の鍵が違っていた。叔父によると、鍵を換えたらしいと。自分で親と絶縁をしていたのに、鍵を換えられていたことを知ると、親に追い出されたのかと悲しい気持ちになった。

今回、叔父にどうしても確認したいことが一つあったので聞いてみた。

嫌な予感はいつも的中するが、今回もそうだった。それは、父の遺骨のことだった。

父は二〇一六年に亡くなっているが、その時の遺骨はどうなっているのかと。私は、実家に置きっぱなしになっているのではないかと、嫌な予感がしていた。

やはり、そうだった。叔父曰く、父が亡くなってから、母は父のベッドに遺骨を置きっぱなしにしていたと。つまり、まだ実家にあるということだった。

今回、父の遺骨もどうにかしなければならない事態となってしまった。最悪、父の遺骨まで持ち帰らなければならないのかと思うと、気が重くなった。

それに絡めて、お墓のことについて叔父に相談した。私は一人っ子なので、墓じまいをしたいと考えていると伝えた。

母は、私が小学生の頃に、地元の有名なお寺に自分たちが入るお墓を建てた。そこに、後に亡くなった母方の祖父、叔母が入った。その墓じまいをしたかったのだ。

叔父も同意してくれた。叔父の現在の住まいは実家から遠く離れており、一人息子（私のいとこにあたる）も叔父の近くに住んでいて遠方なので、墓を継がせるつもりはない、とのことだった。叔父が同意してくれたので、その方向で進めることにした。叔父が、知人にお寺関係の方がいるので、合同墓なども聞いてみると言ってくれた。

一時間程で、お骨拾いに呼ばれた。やたら、焼き終わった独特の臭いが鼻に付いた。この臭いは、しばらくの間、何かの瞬間に思い出してしまい悩まされることになった。嗅覚と記憶の関係は、以前、アロマを専門としている知人から聞いたことがあった。このようなことになってしまうとは、私にとってはトラウマとなってしまった。

母の遺骨を見て、何も感情は湧き起こらなかった。ただ人間の股関節の骨は聞いていた通り丸いのだなあと思った。そして、黙々と、係員の説明に従って、叔父と骨を拾うだけだった。

一番小さな骨壺に骨は収められ、手渡された。正直、「これを持って帰るのか」と思うと、気が重かった。母の持ち物もそうだが、母の骨そのものも、自分のテリトリーに入れたくなかった。それは、生前の心理的虐待のトラウマのせいでもあった。

やむなく遺骨をその日に泊まるホテルの部屋へ持ち帰った。数珠を載せて、結界を作った。母の怨念が出て来ないように。また、日常生活を保つことが私のメンタルを保てると考えて、たまたまこの日の夜にあった仕事関係の研修会のＺｏｏｍにホテルから参加した。馴染みの顔を見て、話をして、いつもの私を保つことができた。

ゴミ屋敷へ

翌朝早くホテルを出て、ターミナル駅のコインロッカーに大きな荷物を預け、約二十年ぶりに実家へ向かった。なぜ、私だけ早朝に実家に向かったのかというと、鍵のトラブル等も含め、実家に入れるかどうかを確かめた上で、高齢の叔父に連絡をする算段にしていたからだ。

実家に着くと、まず門の扉の鍵は開いた。

しかし、玄関を見ると、取っ手にチェーン錠が巻かれていた。手元にある鍵を入れてみたが、どれも合わず解錠できない。母が私を家に入れないために、こんなことをしたのかと胸が潰れる思いがした。

とにかく中に入れないので、出来ることは何かと考えた。ふとポストの方を見ると、約二年分のチラシや電気・ガス・水道の伝票や手紙類が塊になっていた。それらをゴミと必要なものに仕分けすることにした。幸い、曇り空で雨が降っていなかったのでよかった。これが、雨の中ならば、雨に濡れながら、情けなさでいっぱいになったかもしれない。とりあえず仕分けを終え、ゴミを外から見えないところに置き、最寄り駅まで戻った。

最寄り駅から後見人に電話をした。この日、午後に面会する約束だったが、実家に入れないことが分かり、面会を午前中に変更してもらえないかと打診をした。後見人が事務所に来られる時間に合わせて、面会することになった。すぐ叔父に連絡し、後見人の事務所の最寄り駅で待ち合わせをすることにした。

叔父を待っている間に、母が買った、地元のお墓のある寺へ電話をした。幸い、叔父が管理費を今年度分まで払ってくれていた。墓じまいのことを伝えると、父母の骨はそのまま別のところへ持って行き、今墓に入っている祖父と叔母の骨を取り出して墓じまいをすることになると教えてくれた。墓じまいの見通しが少し持てた。

そういえば祖母のお骨が入っていないので後で叔父に聞くと、母が、祖母の実家の山の中の墓に葬ってしまったとのことだった。叔父が言うには、母の話で、祖母がそこに葬ってほしいと言っていたとのことだが、真偽は不明だ。

そして叔父と落ち合い、後見人の事務所に向かった。後見人と会い、ポストから持ってきた書類を一緒に確認した。

中からは、二年間放置されていた手紙がいくつか出てきた。母が勝手に携帯電話の契約をしていて、支払がされておらず、弁護士からの督促状があった。これは後見人が対応してくれることとなった。

また、父の死を父の元職場に伝えていなかったのだろうか、父の元職場（学校）の同窓会から父へ機関誌の原稿依頼の手紙があった。何年間も放置されていて、それ以上督促もなかったのだろうか。それは後日、私が担当者に、行き違いがあって父の死を伝えていなかったことをハガキでお詫びした。

びっくりするようなものばかりが出てきたが、一番びっくりしたのは、地元の交番からのメモだった。

二年前の日付で、実家のセキュリティーの警報が鳴っていると近所から通報があったので、消防と一緒に窓から家の中に入ったとのこと。このメモを見たら連絡してくださいと書いてあった。

後見人から、すぐ連絡したほうがよいと助言され、交番に電話したところ、たまたま二年前に対応してくださった警察官の方がおり、お話しすることができた。

そこで分かったことは、玄関のチェーン錠は警察が掛けていたことだった。窓から入って玄関から出たので、玄関のカギを掛けられず、警察がチェーン錠で施錠したとのことだった。

てっきり、母の仕業かと思っていたが、大違いだった。チェーン錠を解錠してもらうために、この後、実家で落ち合うことになった。

書類の確認が終わり、事前に後見人に相談していたことがあった。

実家は売却したいと考えているので、信用できる不動産会社を紹介してほしいと。後見人から、その団体でいつもお世話になっている不動産会社があり、紹介してもらった。さっそく担当者に、実家へ行く手配をしてもらった。警察官と落ち合って解錠してもらう必要もあり、助かった。

不動産会社の担当者が到着するまで時間があったので、母の入院時の身の回り品から出てきた手書きの遺言状をどうするか、尋ねてみた。私は弁護士立ち合いの方が良いかと思っていたが、後見人から今、開封したほうがよいと言われ、開封した。

とんでもないことが書いてあるのだろうと想像した。例えば、私には一切財産を譲らないとか。

しかし、開けてびっくり、私のことは一切書いておらず、なんと、叔父の悪口ばかりを羅列していた。まず、叔父には一切財産は譲らないと書いていた。そもそも、私が相続放棄をしない限り、叔父には相続権がないので、無意味なことだった。また、叔父が財産を盗んで某宗教団体の幹部になろうとしている等、事実無根のことも延々と書いてあった。

叔父は絶句してしまった。都合の良い時に介護のために呼び出され、挙句の果てには叔父夫婦が金品を盗むと言って追い出し、とどめにこの遺言状。死後も叔父へのひどい仕打ちをしているのだった。

後見人が、遺言書の日付の平成三十年というのを見て、母の認知症がひどくなってきた時期だと気付き、医師の診断書類を確認してくれた。後見人の指摘の通りで、認知症がひどい時に書かれたものなので、無効ということになった。とりあえず、後見人に預けた。遺言書は無効でも、叔父に与えた心の傷は大きかった。

遺言書のショックもさめやらぬ間に、私は実家の自治会のことを思い出した。母が死んで家には誰も住んでいないと伝えておかなければならない。後見人に相談し、これから実家に向かうので、近所の人に自治会の連絡先を聞こうということになった。叔父によると、近所付き合いも限定的で、一軒だけ良好な関係のあるYさんに聞くのがよいということになった。

私が子供の頃から、母は、近所の人たちのことを悪く言っていた。「あそこの人たちは信用できない」とか、「下品」とか、何かと理由をつけて悪口を言っていた。だから叔父が言うことは妥当だと思った。

確かに、朝、実家に行ってポストのゴミを分別していた時に、向かい側の家の方がたまたま表に出てきたので、挨拶をして母が亡くなったことを伝えたが、目も合わせず「うちとは関係ありません」ときっぱり言われてしまった。

叔父によると、母の妄想と思われるが、その家の息子が叔母にストーカーをしていたと言っていたそうだ。私が大学生の時には、帰省時にそこの家のおばさんにお土産を持っていき、おばさんからは庭で採れた果物をもらうなど、関係は良かったのだが、いつの間にか、関係が悪くなっていたのだった。代替わりもあるだろうが、おそらく母のせいだろう。

この時ほど、生きている間の人間関係が、死後も尾を引くと実感した。しかも、本人だけで終わるのではなく、関係者までとばっちりを受けてしまう。これは近所の人間関係だけではなく、親戚関係も同じだった。


後日、父方の親戚に母の死亡通知を送ったのだが、なしのつぶて。一人は転居して新住所も分からない。母から絶縁してしまった人たちだからだ。

良好な人間関係を作れない、気に入らないと人間関係をブチ切る、というやり方は、機能不全家族に育った母はもちろん、私にも思い当たる節があった。親がしていたことを子供も繰り返していたのだ。つまりは負の連鎖(註)をしていたのだ。それを止めようと、ACのグループセラピーに通ったり、私なりに努力はしていた。母の死で、はっきりと自分が母と同じようなことをしてきたのだと自覚させられたのだった。

不動産会社の担当者が到着し、叔父と一緒に実家に向かうことになった。

まず、実家の前で、待ち合わせていた交番の警察官に会い、チェーン錠を解錠してもらった。

そして、いよいよ実家の中に入る。玄関を開け、ふと見ると、二階への階段に「welcome」と書いた猫の置物が三体置いてあった。他人を家に入れるのを拒んできたくせに、何が「welcome」なのかと思った。一方で、私に「帰って来い」と言っているようで気持ち悪かった。

玄関の目につくところに私が旅行で買ったお土産の飾り物が付けられていた。私の買った土産をあれだけケチをつけていたのに、何なのだろうと、訳のわからない、複雑な気持ちになった。

とにかく、実家に来た目的の第一は、父の遺骨の確認だったので、叔父が言っていた父のベッドの場所へと向かうことにした。リビングも寝室も、夜逃げしたような、生活がそのままの状態、つまりはゴミ屋敷状態だった。電気が通っていたので、冷蔵庫はついたままで、中に二年前のものがそのまま残っていた。

父母の寝室に行くと、父のベッドの上に、いろいろなものが乱雑に積み上げられた中に、白い布をかぶせた遺骨の箱があった。とりあえず、玄関の分かりやすいところに移動させた。今日中に納骨するのはどのみち無理なので、後日、もう一度来て持っていくことにして、母の遺骨と一緒に置いた。父母の遺骨を持ち帰らずに済むかと思うと、正直ホッとした。

　不動産会社の担当者に家の中をざっと見てもらい、売却する手順を尋ねた。ゴミ屋敷のケースもたくさん扱ってきたそうで、ゴミも丸ごと売却することができるそうだ。その方向で考えたいと伝えた。

　また、売却する時に、家の建築時の契約書類などがあればよいとのことだった。叔父によると、金庫にあるのではないかと。しかし、この日は、金庫の中まで見ている余裕はなかった。不動産会社の担当者からも、もう少し涼しくなってから来た方が良い（クーラーが壊れており、熱中症になる危険もある）との助言も受けた。私も、実家には長居したくない、そういう気持ちが大きかったので、最低限の確認だけをして、実家から出た。


　そして、近所の人に、自治会長の連絡先を聞かねばならなかった。叔父と一緒に、関係が良好だったYさん宅へ行った。

　中からご主人が出て来られ、叔父が、ここのこういう者だと話をしたが、ピンと来られなかった。そこで私が「友乃家の美雪です」と告げると、「ああ、美雪ちゃん！」と思い出してくださり、奥様を呼んで来られた。奥様も私を覚えてくださっていて、「お父さんにそっくりになったね」と言われた。子供の頃から、父親似と言われてきたが、今、そう言われて、嬉しくはなかった。むしろ、忌まわしく思ってしまった。

また、しばらく実家に帰っていなかったことも、絶縁していたとも言えず、仕事が忙しかったので、とお茶を濁す形になった。家族関係について、他人には言えないものを抱えていることは、どんな時にも、後ろめたさを感じたり、生きづらさを感じさせてしまうものだった。

とにかく、Y夫妻のおかげで、自治会長の連絡先も分かり、後見人に連絡先を電話で伝え、最寄り駅まで不動産会社の担当者に車で送っていただいた。

（註）世代連鎖……原家族の問題が、次の世代へと引き継がれていくこと。依存症者の子供が依存症になったり、依存症者を配偶者に選んだりするなど。ＤＶや虐待の加害者も、子供時代に虐待を受けていることが多い。

死んだらゴミ

この日の大きな衝撃は、実家のゴミ屋敷状態を見て、いくら物を持っていても、死んだら「ゴミ」だということだった。話には聞いていたが、ゴミ屋敷を目の当たりにして、実感した。

私も、親との生活の中で、物を多く持つことはよいことだと意識を植え付けられていた。父は教員をしていたこともあり、本の数が膨大で、趣味のレコードも膨大な数を持っていた。母は母で、自称読書家なので、これまた本を多く持っていた。また、物で自分を満たしている人だったので、使わない食器や着ないだろう服やアクセサリーなど、ただ置いておくだけの物に溢れていた。それが日常で当たり前だったので、私もそのような価値観で生活をしてきた。

実家に行く前は、父母の本やレコード、高価な物はリサイクルに出すか、どこかに寄贈しようかと考えていたが、このゴミの山を見て、そのような考えは吹っ飛んだ。同時に、私の持ち物も、いくつか持ち出そうと考えていたが、ゴミに埋もれている状態を見て、そのような気持ちは消えた。もう、あの家に戻らないと覚悟を決めた時に持ち出したもので今は何とかなっているので、実家にあるものは不要なものだと、気持ちを割り切った。

もう、この日から、「死んだらゴミ」「使わないものはゴミ」という意識に切り替わった。断捨離の思想そのもので、今まで実感としてなかったが、その日を境に、自分の断捨離も進むようになった。

生き様は死に様

もうひとつ、実感したことがある。生前、関係が悪かった人たちとは、死後も同様の関係が続くということだ。逆に、生前から良好な人間関係であれば、死後も良好なのだ。親の死後は、そういうこともひっくるめて子供が負うことになると実感した。

両親は、人間関係の作り方、人との距離の取り方を学ばず、とりわけ自他境界のない家庭で育ったために、他人へのテリトリーにずかずかと踏み込むことを平気でしていた。適度な距離を保って「ほどほど」に付き合っていれば、人間関係を悪くすることもなかっただろうが、自分たちで近所の方々をラベリングして、見下して自分たちが優越感に浸っていた結果、ご近所関係は最悪だった。

さらに、地域とのつながりもあまりよくなかった。自治会は強制加入だったので入っていたが、最低限のことしかしていなかった。子供対象の行事には、父母特有の思い込みから行かせてもらえなかった。

例えば、その地域の伝統行事が毎年夏に行われる。小学生の私は、子供たちが集まってお菓子をもらえるので行きたかったが、父が「特定の宗教的行事を自治会が行うのはおかしい、うちは行かせない」と難癖をつけ、私だけ行かせてもらえなかった。「行きたい」と言うことさえ憚られ、私の気持ちは胸の中にしまっておくしかなかった。父は「宗教」に対しては過剰な嫌悪感とこだわりを持っているようだった。母もそうだったので、誰も私の気持ちを汲み取ってくれる人は、家庭内にはいなかった。

また、小学生時代、地域でやっていた夏休みのラジオ体操も、生活習慣がめちゃくちゃな家庭だったため、参加したことがなかった。夜更かし朝寝坊の生活で、朝六時集合なんて無理だった。

たった一度だけ、たまたま起きられたからか、ラジオ体操に行ったことがある。体操の後、参加している子供たちがスタンプカードにスタンプを押してもらっていた。そのカードすら、どこでいつもらうものなのかも分からなかった。それっきり、ラジオ体操に行くことはなかった。


人間関係でいえば、母の死後、遺品のアドレス帳に載っていた人たちは、どのような関係にあったのかが分からなかった。おそらく人間関係はほとんど悪かったのではないかと想像でき、死亡通知は最低限の人たち（父の姉三人、母が親友と言っていた二人）だけに出した。母にいつも手紙を書いて送ってくださっていたHさんからは、ご丁寧なお手紙をいただいた。元々、近所に住んでいらして、後年引っ越された方で、子供心にも優しいおばさんの印象があった。

手紙を拝見し、私のことを責めることもなく、母との思い出だけが書いてあった。ある意味、ホッとした。Hさんは、誰にでも優しく接する心の広い方で、ありがたかった。

私のメンタルヘルス

私の特殊な家庭環境のせいで、母の死を語ることは容易ではない。一般の人たちには、仕事等の事務連絡的に話すか、一般化して話すしかない。しかし、それだけでは、自分の気持ちの持って行きようがなくなる。

幸い、母の死んだ直後に、今まで参加してきたACのグループセラピーがあった。さらに同日、グループセラピーの後に、「母と娘の関係性を考えるセミナー」にも参加することにしていた。このグッドタイミングは、ハイヤーパワー（自分ではコントロールできない大きな力）が働いている、なるようにしかならない、と実感した。そこで、私の気持ちを吐き出すこともでき、周りからの共感も得られ、さらには自分のことを客観化でき、私のメンタルヘルスを保つことができた。

このグループセラピーは、その後も、墓じまいや、実家の中を捜索する、といった、私には重いイベントに対しても、救いとなることとなった。

お墓はどうする?

実家に置いてきた父母の遺骨をどうにかしなければならない。

お寺の助言に従って、どこか別の場所での合同墓を探し始めた。叔父が知人のお寺関係の方からB県の墓を二ヶ所紹介してもらった。私の自宅からは遠かったのであまり気乗りはしなかったが、叔父の紹介でもあるので、一応、問い合わせてみた。すでにそこにお墓を持っていることが条件だったので、対象外だった。叔父にはその旨を伝え、B県のお墓は候補から外れた。

次に、ネットで合同墓や樹木葬を調べてみた。最低でも、一体二十万円からだった。墓じまいも考えていたので、今、墓地に眠っている祖父・叔母と父母を合わせると、四体になり、八十万円もかかる。

どうしようかと考えていた時、ふと、散骨を思いついた。ネットで調べてみると、海洋散骨が出てきた。近くの海への散骨があり、最初に見つけたA社は散骨代行で一人五万円だった。合同墓や樹木葬よりもはるかに安い。この時、地上にお墓を持つことは、お金がかかることだと知った。早速、その業者に問い合わせをすると、墓じまいの手続きのことなども丁寧に教えていただけた。資料と申込書類を送ってもらうことにした。

翌日、ネットで海洋散骨についてあれこれ調べていたら、いろいろな海洋散骨業者を比較したデータを載せているものを見つけた。見てみると、ＮＨＫの番組「クローズアップ現代」で取り上げられていたＢ社が出ていた。先に資料請求したＡ社よりも安い、一体一万六五〇〇円だった。それで、さっそく、Ｂ社に資料請求をし、Ａ社にはお断りの連絡をした。Ａ社からはすでに資料等が届いてしまったが、参考に中を見てみると、「お別れの手紙」用紙などが入っていた。親との関係が悪かった私のような人間には「お別れの手紙」を書くこと自体が苦しいので、Ａ社をお断りしてよかったなと、その時思った。

Ｂ社から資料と送骨セット一式が届いた。見てみると、Ａ社のような「お別れの手紙」などはなく、事務的に淡々と進められる内容だった。

さっそく七月二十八日に実家へ行くことに決め、段取りを考えた。実家に置いている父母の遺骨を取りに行き、遺骨と一緒に収められている死体火葬許可書のコピーをとらなければならない。そしてそのコピーと海洋散骨申込書と遺骨を、送骨セットの段ボールにそれぞれ入れて郵便局から発送するという段取りだ。実家近くの郵便局を調べる。段取りを考えてみて、実家の最寄り駅からタクシーで回ってもらうのが一番楽で早いという結論に達した。そして、その日は、家の中を片付けたり何か探したりせず「送骨だけをする」と心に決めた。

七月二十八日当日、早朝、送骨セットの段ボール箱二箱をカートで引きながら新幹線に乗る。段ボールが二箱もあるので、荷物置き場付き指定席券を買った。箱をつぶして持って行くのも、実家で組み立てる時間のロスもあったり、緩衝材の量も三十リットルのゴミ袋一杯分ぐらいもあるので、箱の状態のまま持って行くことにした。

実家の最寄り駅からタクシーに乗る。運転手さんには、実家で十分程度待っていてほしいことを伝える。実家に着くと、玄関先に置いてあった骨壺から火葬許可証を取り出す。父の骨壺は大きく（普通サイズ）、すぐ許可証は取り出せたが、母の方は一番小さいサイズで、許可証がギュウギュウ詰めになっていたため、それを取り出す時に骨壺の蓋を開けてしまうことになった。母の喉仏の骨が見えてしまい、一瞬ギョッとした。「なんでこんな目に遭ってしまうのか」と心の中で呟きながら、火葬許可書を取り出し、すぐ送骨セットの段ボールに箱詰めした。

箱詰めできると、すぐタクシーに戻り、運転手さんに車のトランクに箱を入れてもらった。「骨壺が入っています」と伝えて。

そして、タクシーに乗り最寄り駅近くのコンビニに行くように伝えると、運転手さんが、そこより近くにコンビニがあると教えてくれた。そこへ向かうことにした。

そして、もう一つの最寄り駅の近くに郵便局があったことを思い出した。そこは、私が通った中学校への通学路だった。運転手さんに、その郵便局へ行くようにお願いした。

郵便局は、中学校時代にあった場所から少し移動していたが、大通りから入ったところだったので、送骨セットの段ボールを降ろすにはちょうどよかった。

郵便局にカートを引き摺りながら入った。カートから段ボールを降ろし、伝票や割れ物注意シールを貼り、窓口に出した。しばらく待ち、窓口の処理が終わり、伝票控えをもらい、送骨終了。一仕事終わった感があった。

郵便局を出て、中学校時代の通学路を懐かしみつつ、すっかり様変わりした街の様子を見ながら、駅に向かった。意外と早く終わったので、夕方、日の明るいうちに自宅に戻ることができた。

何の感情も湧かず、とにかく、一つの気にかかっていたことが片付いた、処理できた、というだけだった。同時に、私自身に「よくやった」と称賛した。

親子関係でつらく苦しい思いをして複雑性PTSD(註)を抱えている身としては、実家に行くこと自体がしんどい。さらに、遺骨を持って行くのは難行苦行。それをやり遂げた自分に「偉いね」と思わず言っていた。

後日、グループセラピーでも「よくやったね」と労ってもらえたことが、何よりもの救いだった。

海洋散骨業者B社からは、後日、粉骨証明書、海洋散骨報告の手紙などが届いた。粉骨証明書には粉骨前後の骨の写真が載っており、それは見たくはなかった。

（註）複雑性PTSD……ジュディス・ハーマンらが提唱。子供時代の虐待のように、慢性的に繰り返される外傷体験が原因となったストレス障害。

墓じまい

次は、墓じまいだ。

祖父と叔母の骨も、海洋散骨することにした。海洋散骨は、手軽で「早い・安い」と実感したからだ。しかも、両親は無宗教（というより、宗教をバカにしていた）を標ぼうしていたので、宗派を問わない海洋散骨は都合がよかった。

お寺から、墓石を取り扱っている石屋さんの連絡先を教えてもらい、ネットのホームページから見積もりを取る。以前調べたネットの情報で、法要をすると何十万も費用がかかってしまうとあったので、「法要なし」でお願いした。見積額は二十万円弱で、何とかなる金額だった。後日、普通は「魂抜き」の法要をするらしいと分かったが、祖父や叔母には「分かってね」と心の中で手を合わせた。

石屋さんと相談し、墓じまいの日にちを八月十九日の午前中と決めた。

当日は快晴。また二体分の送骨セットの段ボール箱をカートで引きながら、早朝新幹線に乗った。

地元のターミナル駅からタクシーでお寺に向かう。

社務所に着いたところ、開口一番、「昨日、石屋さんから連絡をもらって知った。お部屋の用意もできなくて……」と言われた。

確かに、私は墓じまいの日をお寺に連絡していなかった。それは、日程が決まった時点で、石屋さんからお寺に連絡を入れてくれているとばかりに思っていたからだ。しかし、そうではなかった。前日に石屋さんが確認のために連絡を入れて、お寺側が日程を知ることになってしまったのだった。

とにかく、社務所の中に入るように言われたので、入る。部屋に通され、お茶も出された。「もしやお布施が必要？　いや、相手から言われたら出そう。言われなければ出さない」と心に決めた。幸い、お布施のことは何も言われなかった。少し待つと、お墓の方へどうぞと言われた。

実は、私はお墓の場所がよく分かっていなかった。一度、お墓を建てたばかりの頃、子供の頃に親に連れられてきたので、墓所のどのあたりか、全く分かっていなかった。社務所を出て戸惑っていると、お寺の方が、「あそこですよ」と教えてくださり、場所が分かった。すでに、石屋のスタッフが骨を取り出していた。

祖父と叔母の骨は別々だと想定していたが、実際は混ざっていて、どれが誰の骨かも分からず、まとめて晒《さらし》の布袋に入れてもらった。そして、海洋散骨業者B社が、遺骨が濡れている場合を想定したビニール袋を送ってくれていたので、そのビニール袋に入れた。石屋さんの話では、水はけのよい場所だったので、骨はそれほど濡れていなかったとのことだった。エコバッグに入れると、大人二体分の骨が、ずしりと重たかった。

そのお寺は、観光地としても有名なところで、観光客もちらほら見られた。それを横目に、帰りは歩きで、最寄り駅まで十分ほど歩いた。手には遺骨の入ったエコバッグ、送骨セットの段ボールを載せたカートを引き摺っている。

そんな自分の姿を思うと、ふと、何ともいえないみじめな気持ちが湧き上がってきた。あのお寺は観光名所であったが、嫌な思い出の場所となってしまい、今後観光をすることもないだろうと思った。

ターミナル駅まで戻り、近くの郵便局に行く。そこで、骨を段ボールに詰め、発送した。

その日の夕方に、後見人と会う約束をしており、五時間ぐらいの空き時間があった。その間に実家に行って、片付けをするか、それとも、どこかで時間を潰すか、少し迷った。

実家に長居するのは苦痛でもあるので、友人にLINEで相談した。友人からは、「嫌なことはしなくていいよ」と返信があった。それに励まされ、実家には行かないことにして、ターミナル駅の飲食店で時間を潰すことにした。

夕方、後見人の団体事務所に向かった。今回の面会の主な目的は、母の未支給年金の申請書類に証明をもらうことだった。

「年金未支給分請求手続き」の難関

母の未支給年金の手続き書類が八月初旬に届いた。

未支給年金を請求するには、「生計同一関係に関する申立書」を記入しなければならなかった。これが曲者だった。

私のように、親子関係に困難を抱えて絶縁していた状況では、「経済的援助・音信・訪問についての申立」の記入をどうすればよいのか、困った。経済的援助を一か月当たりまたは一年当たりどのくらいの頻度で行っていたか、援助の内容は何かを具体的に書かなければならなかった。私の場合は絶縁していたので、経済的援助に関する問いには答えず、「その他」欄に「故人より心理的虐待〈暴言・いやがらせ等〉を受けていたため、弁護士又は後見人を通して、やりとり」とだけ書いて書類を提出した。

するとと、数日後、窓口から、書類が返送されてきた。中に付箋で「日用品・食料の差し入れ等も援助に含まれます。弁護士等を通して何かしらの援助を行っていた場合、経済的援助の欄にご記入ください、何も援助関係がなかった場合は、未支給年金はご請求いただけません」とメモが書かれていた。

「これは困った」と思うと同時に、「親から虐待を受けてきた事情が考慮されないのか」と理不尽な仕組みだと腹立だしく思った。しかし、現実はそうも言っていられないので、後見人に相談をした。

墓じまいの時に、事務所で記入方法を教えていただくとともに、後見人の団体で「第三者による証明欄」に証明を記載していただくことになった。

墓じまいの日、送骨を終え、夕方、後見人の事務所に伺った。後見人より、「経済的援助・音信・訪問についての申立」については後見人が行っていた具体的な援助について記入し、「第三者による証明欄」に証明もいただけた。

これで、再度、書類を送り、九月下旬に未支給年金を得ることができた。この未支給年金のおかげで、今までの交通費や海洋散骨、墓じまいの費用が賄えた。もし、これがもらえなかったら、自分が経済的に苦しくなっていただろう。

親から虐待を受けていたり、親との関係がうまくいっていなかったりする子供にとって、あの申立書の質問に答えることは、至難の業に思えた。もっと、柔軟に対応できる制度になってほしいと願う。

ついでに言えば、国民年金の葬祭費請求も分かりにくかった。母は父の遺族年金をもらっていたので、その事務所に問い合わせをしたら、「七十五歳以上は該当しない、後期高齢者の方へ問い合わせてください」と言われた。そして地元の市の年金医療課へ問い合わせをして、手続きをすることができた。

ただ、その際に、喪主を証明するものとして「会葬お礼ハガキとかありますか？」と聞かれた。お葬式を出すのが一般的なのだろう。しかし、今はコロナ禍ということもあり、式を執り行わなかったり、家族葬で済ませたりするところも多いようで、「式を執り行わず家族葬で火葬のみ」と伝えたら、それで了解していただけた。手続きは、申立書と火葬許可証コピーの提出でよいとのことだった。

実家整理へ

実家の中の整理がまだ手付かずだった。

猛暑であったこともあったが、どうしてもあの家に行くことや、そこに長時間留まることは気が進まなかった。一言でいえば、母の「気」が満ちていて「気持ち悪い」のだった。

しかし、今後売却するには、土地建物に関する契約書類を探しておかなければならないし、現金・貴金属類が残っていないかも確認しておかなければならない。

九月初旬に、後見人から紹介されたK不動産のT氏に相談をした。T氏から、「後見人からしっかりサポートするように言われているので、一緒に行きましょう」と言っていただけた。

T氏と都合を合わせ、十月六日に実家に行くことに決めた。

叔父から、自分も行かなくてよいか？　と連絡があったが、高齢ということもあり、行かなくても大丈夫と伝えた。後述するが、当日、もし叔父が来ていたら大変だったであろう出来事が起こってしまったので、来てもらわなくて良かった。

しかし、その一方で、叔父が手元に残しておきたい物を取りに行きたかったのだと、後で分かった。

実家から戻った日、実家整理の報告を叔父にしたところ、叔父から位牌類と祖父（叔父にとっては父）の遺品が欲しいと言われた。

それらは後日、T氏から叔父に送ってもらった。叔父の気持ちまで推し量れなかったな、と、心の中で叔父に「ごめん」と呟いた。

また実家に入れない！

十月六日の朝、実家の最寄り駅で、Ｋ不動産Ｔ氏と待ち合わせ、Ｔ氏の車で実家へ向かう。ものの十分程度で、実家に着く。車から降りて門を見ると、門が少し開いたままになっている。異変を感じた。門は鍵をかけた状態にしているので、開けっ放しになるはずはない。Ｔ氏に異変を伝え、玄関の方を見ると、玄関周りにプラスチックの部品が散乱し、扉の合わせ目が若干歪んでいるように見えた。

Ｔ氏が扉の状態を一瞥して、「バールでこじ開けようとした跡だ」と言い当てた。「鍵を開けてみて」と言われ、鍵穴に鍵を挿したが、鍵は回るが開かない。Ｔ氏も試すが、開かない。勝手口から入れないか、北側の勝手口に回る通路を見ると、勝手口に行く門扉が開けっ放しで、草ぼうぼうだったところが、踏み跡がついてきれいな道になっている。とにかく勝手口に回るが、そこの鍵も開かない。

玄関に戻り、南側の縁側（庭側）から回ってみることにする。庭に回る通路を見ると、草ぼうぼうで近づけなかったところが、草がどけられて、きれいな通り道になっている。縁側を見ると、エアコンの室外機二台の配線がブチ切られ、配線カバーが散乱し、室外機も消えていた。

そして、一番西側のガラス窓のクレセント錠の周りが割られていたが、内側の補助錠がかかっていて開かなかった。

家の中に入って、室内の状況を確認することはできなかったが、とにかく、警察に通報した。七月に警察のチェーンが巻かれていて玄関に入れなかった時にお世話になった、地元の交番に電話をし、すぐ来てほしいと頼んだ。警察からは、「家の中には入らないように」と言われたので、却って入れなくてよかった。一方、T氏は、後見人への連絡と、鍵が壊れているので鍵屋の手配をしてくれた。

七月に実家に行った時に、ポストにチラシ類を入れられないように、T氏に頼んでガムテープでポストの入口を塞いでもらっていた。それが「空き家です」と言っているようなものなので、空き巣に入られないか、少し不安はあった。知人の親が亡くなって空き巣に入られた話を聞いていたからだ。かといって、どうすればよいか見当もつかず、何も対策を講じていなかった。この時点で、不動産会社に相談しておけばよかった。嫌な予感は的中するものだ。

通報から十分ほどで、交番のパトカーが到着した。七月にお世話になった警察官の方と他二名が見えた。その後すぐ、鑑識が到着、実況見分が始まった。私とT氏は、事情聴取を受けた。

そんなこんなで、パトカーや車両が家の前に集まり、騒然としていたので、近所のYさんがやってきた。Yさんは実家との関係が良く、七月にお会いしていた方だ。ちょうど、交番の警察官が近所に聞き込みを開始しようとしていた時だったので、Yさんに心当たりを聞いていた。するとYさんから、「先週の昼間に、青い軽トラックで若い三人が乗り付けてきた。何をするのかと聞いたら、十月から解体工事を始めると言っていた」と。

なんと、解体工事業者を装って、盗みに入ってきたのだ。だから、玄関をバールで壊そうとしていようと、窓ガラスを割ろうと、室外機を持ち出そうと、疑われなかった訳だ。

それを聞いていたK不動産のT氏は「えぐいなぁ。でも、火をつけられなくてよかった」と言った。確かに、放火されたら、近所への類焼や賠償責任なども生じ、もっと大変なことになっただろう。

T氏から、南側の庭の植木が伸びすぎて、人が入っても外から見えない状態になっているので、早く剪定を入れた方が良いと言われた。そういえば、母の親友からの手紙にも、庭木のことが近所で噂になっていると書いてあった。その時は、私は売却時に合わせて剪定をすればよいかと思っていた。そんなことを思い出していると、聞き込みの警察官から、西隣の家から、庭木を何とかしてほしいと言われています、と伝えられた。

西隣の人が、庭から顔を覗かせていたので、謝りつつ、早急に剪定すると伝えた。T氏が、選定の手配もかけてくれた。早くて、翌週に手を入れられるように、と。

またT氏より、明日にでも家に防犯の貼り紙をしましょうと提案された。空き家で同様の被害が出ているので、この貼り紙をすれば効果があるというものだ。それは、「泥棒さん、ここには金品は何もないですよ」という主旨のものだそうだ。早速、お願いをする。

警察から、リビングの縁側の鍵が開いていたと言われた。しかし、そこから侵入した形跡はないとのこと。七月に来た時は、まさか無施錠とは思っていなかったので、施錠の確認はしていなかった。

鍵屋さんが来るまで玄関の鍵が開かないので、家の中の実況見分は、そのリビングの縁側から出入りすることになった。鑑識から、靴のビニールカバーと白手袋をもらって着用し、家に入る。

警察官から、中の様子が変わっていないかどうか聞かれた。リビングも、両親の寝室もゴミ屋敷状態で、泥棒が入った跡かどうかも判別しがたい状況だったが、変わりはないようだった。ただ、父のベッドの枕元に液晶テレビが置いてあったと思ったが、鑑識によると、室内に空き巣が入った形跡はないとのことだったので、私の勘違いのようだった。

困った置き土産

叔父から、実家に金庫が二つあると聞いていた。一つは私が子供の頃に母が購入したもので、その形とマグネットキーは覚えているが、実家のどこに置いているかは知らなかった。もう一つは、母の火葬の日に、叔父がこの部屋のこのあたりにあると話してくれたが、どこにあるのかも分からず、見たこともないものだった。

警察に金庫が二つあることを伝えると、場所を確認されたが、分からないと伝えると、一つは警察が見つけてくれた。

叔父の話に聞いていた、無施錠で書類だけが乱雑に突っ込んである金庫。子供の頃、金庫を買ったと言って、母が得意げに見せびらかしたマグネットのキーが特徴的だったので、なんとなく覚えていた。

金庫の中身を出して確認したが、元々何があるか知らないので、盗まれたかどうかも分からないが、あまり価値のない書類ばかりだった。

もう一つの金庫の場所がどうしても分からず、叔父に電話をして聞いてみた。叔父の指示通りに探すと、段ボール箱の山の中に、隠されていた金庫が出てきた。

母の火葬の日に叔父から譲り受けた鍵で開けると、書類と、紙袋に入った何かが出てきた。警察官、T氏、私で中身を確認すると、なんと高額な「たんす預金」が出てきた。いくらあるのか金額の見当がつかなかったが、ベテランの鑑識職員が束の厚さを見て、「〇〇枚」と言った。ベテラン鑑識職員の言った数は、後で確認したら当たっていた。さすがプロと思った。

とにかく、たんす預金を空き家に置いていくわけにはいかないので、どうしようかと思った。警察官は早く金融機関に入れた方がいいと言ったが、あいにく通帳類を持ち合わせていなかった。やむなく、リュックに入れて持ち帰ることにした。心配したT氏からは、普段通りの行動をするように、家に着いたら安否確認のため連絡してくださいと言われた。警察からも、帰路途中で、被害届に関する問い合わせがあり、その時に「(たんす預金は) どうしましたか? 早く金融機関に入れてくださいね」と念押しされた。

そもそも私は、実家にたんす預金があるとは思っていなかった。叔父が「金庫に現金がある」とは言っていたが、金額は言わなかった。母が叔父を追い出す頃には、叔父には触らせていなかったのだろう。

それでも私の感覚では、それは現金で手元に置いておくくらいの金額だと思っていた。しかし、思っていた以上のたんす預金が出てきてしまい、扱いに困ってしまった。とりあえず持ち帰ったものの、金融機関に預けるまでどこに保管するのがいいか、家族には言えないし、秘密を抱えて気が重くなるばかりだった。

母がお金に異常に執着していたことは、叔父の土地名義を勝手に自分名義に書き換えていたことや、後見人等の話からも想像できた。また他人を信用できないといつも言っていたので、金融機関も信用できないから、手元に置いていたのだろう。

さらに、金庫の紙袋に書かれていた母のメモから推測するに、私名義の貯金も取り崩して手元に置いていたようだった。子供の頃に「美雪が結婚したら、この貯金あげる」と私の名前の実印まで作り、私名義で貯金をしていたものだろう。しかし結婚しても、母からは、その貯金の話もなく、全くもらえなかった。

もし、親子関係が円満な家庭なら、親は子供が困らない形でお金を残すだろう。夫の亡父は、子供たちに預金と株式をきれいに分けていた。天地の差である。

死んでしまったら、いくらお金を持っていても、あの世へは持って行けない。母は、あんなにお金にしがみついていたのに、あの世にお金は持っていけなかった。そして、執着していた子供からは見放され、孤独の中で死んでいった。

母との別れ

警察から、室内の様子に変わったところがないか、聞かれて、真っ先に「違う」と言ったのは、階段に置かれた「welcome」と書かれた猫の置物だった。

七月に実家に来た時に、玄関入ってすぐの階段に「welcome」の猫の置物が三体あり、気持ち悪かったことを覚えている。私に「帰って来い」という母の「気」を感じてしまうものだった。今回の訪問時には、気持ちが悪いので、この猫の置物三体を後ろ向きにするか、どこかにしまっておこうと考えていた。

それが、警察の実況見分で見た時に、変わっていたのだ。一番上の段にあった一体の猫の置物は「welcome」の字が小さくなり、猫の顔自体も小さくなっていた。二段目はカニの置物（これは同じかどうか記憶が定かではない）で、三段目と四段目にも、大きく「welcome」の字の入った二体の猫の置物（ピンクと赤っぽい色）があったはずが、消臭剤に置き換わっていた。

そばにいた若い鑑識の警察官にこのことを伝えると、その警察官は「かなり年数が経っているもの（消臭剤）ですし……（ずっとここに置きっぱなしになっていたのでは？）」と言う。

確かによく見ると、空になった消臭剤は、相当古くて黒ずんでいた。

一通り実況見分に立ち会った後、ベテランの鑑識警察官から、室内に誰かが入った形跡はない、と言われた。「空き巣は靴を脱いで入ることはない。失礼ですが埃っぽいところに靴は脱いで入らない」と。K不動産のT氏からも、警察が侵入の形跡がないと言っているので、もしかしたら私の勘違いかもしれないと、さりげなく言ってきた。

七月の訪問時に写真は撮っていないので、確認しようがなかった。そもそも、家の中の写真を撮っておくことすら、何かが写ってしまわないかと気持ちが悪かったので、撮影はしていなかった。仕方なく、その場では私の勘違いだということにした。

普通に考えれば、わざわざ置物だけを消臭剤に置き換える空き巣もいないだろう（いたら、それはそれで怖い）。もしかしたら、私の脳が思い込んで、「welcome」という一番嫌な印象が残ったものの映像を見させたのかもしれない。

でも、確かに、「welcome」の猫の置物は三体あった。あの猫の置物の眼差しが、母からの眼差しを受けているようで気持ちが悪かったことだけはよく覚えている。七月に実家から戻ってから、この原稿にも書いている。何か狐につままれたような、魔法が解けたような、「異界に行って、現実世界に戻ってきた」という感じだった。

それとともに、あの家から、母の「気」を感じなくなった。

今回、警察官という他人が多数家の中に入ったことも、家の中の「気」を変えたのかもしれない。

親戚関係の復活

空き巣騒動の末、実家整理を終え、自宅に戻った。叔父に電話で、一連の騒動の顛末を伝えた。ただ、たんす預金のことは話せなかった。お金が絡むと、余計なトラブルを引き起こしかねないと思ったからだ。

その時の電話で、叔父から「別の話になるけど」と切り出された。何の話だろうと思っていると、叔父の息子夫婦、つまり、私のいとこと対面させたいということだった。

確かに、母が叔父を絶縁してから、私は叔父の家族に会ったことはなかった。何年か前に、夫の母を通して、私の母が絶縁していた叔父の家族と会った、息子が二人いて教員をしている、という話は聞いたことがあったが、母の言うことなので、話半分で聞いていた。叔父からあらためて聞いた話では、息子は一人、結婚していて、息子さんも奥さんも教員ということだった。

具体的に会う日取りは後日相談することにした。叔父が元気でいるうちに会っておきたいと思う。

やっと、「普通の」親戚づきあいができるようになった。母の死のおかげで。

言葉を取り戻す

母が亡くなる二か月ほど前から、私は関西弁が止まらなくなった。きっかけは、その頃、非常勤の仕事を始めた職場に、関西出身者が多かったこともあった。ただ、関西弁に一時的に合わせてもすぐに標準語に戻るのに、この頃からは戻らなかった。

子供の頃から、母からは「関西弁禁止、標準語を話せ」と育てられてきた。標準語が話せれば、大人になった時に困らないからと。関西弁でしゃべろうものなら、母に厳しく叱られた。なので、大人になってからも、関西出身とはいえ標準語を話していた。「どうして?」と聞かれても、特殊な家庭環境のことは答えられず、答えに困ってしまうのだった。

子供の頃に聞いた母の話では、祖母は中国地方の山奥の街で育ったが、そこには関東地方から銅山の仕事でやって来た人たちがたくさんいたので、祖母も「標準語」を話していたと。祖母からも、母は「標準語」を話すように育てられた、と。確かに、母の話す言葉の語尾は標準語だった。ただ、アクセントは関西弁だった。それを指摘しても、「違う」と頑なに否定されるので、それ以上は言わなかった。

私は、地元にいる時は母と同じように、語尾は標準語だったが、アクセントは関西弁だった。その後、地方の大学へ行き、A県で暮らすようになり、アクセントも、標準語で話せるようになっていた。

しかし、母の亡くなる二か月ほど前から、関西弁が止まらなくなったのだった。母が亡くなるのを予測していたかのように。母からの抑圧を解いて、自分本来の言葉「関西弁」を話すことによって、ありのままの私を取り戻した感があった。

話す言葉が変われば人も変わるのか、今までになく陽気で、自分の意思をはっきり言えるようになったと感じた。周りの人たちからも、関西弁を話す私を見て「人が変わったようだ」と言われた。

話す言葉が変わったから、いきなり人が変わったというわけではないと思っている。今までの積み重ね、自分を取り戻すための取り組みの結果が、やっと表れたのだと思う。

相続手続き開始と思わぬ落とし穴

十一月に入り、相続手続きがどうなっているのか、K弁護士に照会した。土地・家屋の登記変更手続きは行うとのことだったが、相続税の計算は税理士にしかできないと言われた。私は、てっきり相続税の計算も弁護士の方でやってくれるものだと思っていた。それで、K弁護士の紹介で、税理士を紹介してもらい、そちらに相続税の計算をお願いすることにした。

K弁護士には、土地・家屋の名義を母から私に変更してもらうように手続きをとってもらった。ただ、家屋については、法務局の指摘で、一部父名義になっているので、父から母への名義変更の上、母から私へ名義変更する必要があることが分かった。

当初K弁護士からは、登記変更手続きは私にもできると言われていたが、手続きが煩雑だろうと思われたので、K弁護士にお願いをした。今考えれば、こんなややこしいことになったので、プロにお願いをしておいてよかったと思った。

ここで、一つ懸念が生じた。家屋の父名義の部分を母名義に変更するということは、私が放棄した財産も何らかの手続きの上、母へ贈与されるのではないかと。すぐK弁護士に確認をすると、私が相続放棄した父の財産分は、父の姉たちに相続権が移ることになるとのことだった。弁護士は、父が亡くなった時は、母との親子関係の調整でいっぱいいっぱいだったので、そこまで頭が回らなかったらしい。私も、自分が相続放棄すれば、すべて母に財産が渡ると思い込んでいたので、そのようなことには気づかなかった。

とにかく、相続税の計算にも影響が出てしまうので、K弁護士に依頼をして、私の相続放棄分の財産について、父の姉たちへの分割手続きをお願いした。家屋の一部ということなので、お金にして払って済ませることにした。

まずK弁護士が、相続人を調査してくれた。私も、私の分かる範囲で、父の姉たちの情報を提供した。母が絶縁してしまっていて父の親族の様子が分からなかったが、母の死亡通知を父の三人の姉たちに送ったところ、長姉は「宛先不明」で戻ってきていたので、おそらく亡くなっているのだろうと想像した。あと、状況が分からないが、母が生前、父の三番目の姉とその息子（私のいとこにあたる）秀二と連絡を取り合っていたと叔父が言っており、母のアドレス帳に秀二の携帯電話番号が書き記されていた。ただ、二人の関係がどうなっているのかは分からなかった。

K弁護士の調査の結果、父の姉たち三人のうち、母の死亡通知が戻ってきてしまった長姉はやはり亡くなっていた。子供もいなかった。

三番目の姉と、いとこの秀二は生きていたが、三番目の姉は施設入所中で秀二のサポートが必要な状態だった。

次姉は亡くなっていたが、その子供で私のいとこにあたる正人は生きていた。しかし、正人の姉の優美は亡くなっていた。それで、優美の子供たち三人が相続人になっていた。

このいとこの姉弟には、小さい時にかわいがってもらっていたので、知らない間に優美お姉さんが亡くなっていたことは悲しかった。母が、私の結婚時に「優美が離婚したから、美雪にお金を借りに来たら断るように」と妄想していたいとこだった。母の絶縁のせいで優美お姉さんの死に目にも会えず、悔しかった。優美の子供たちにも会ったことがなく、親戚付き合いもできなかったことが悔やまれた。

とにかく、K弁護士から、それぞれの相続人に連絡をとってもらい、こちらの意向を伝えた。皆から、了解の返事をいただけた。

中でも、いとこの正人は、「親族なので連絡が取れるようにしておきたい」と、電話番号を知らせてくれた。さっそく電話をしてみたところ、子供時代と同じように優しいお兄さんだった。優美お姉さんのことや、近況を聞いた。お互いに親同士が不穏な関係だったようだが、「親は親、子供は子供」で、子供の私たちにはどうしようもなかったことだと語り合った。正人からは、今回の遺産分割協議で何かあれば、他の親戚にも口添えすると言ってもらえた。

もうひとりのいとこの秀二については、正人も連絡を取っていないようだった。秀二は中学校時代に登校拒否や家庭内暴力で荒れていたことや、親戚に対してどのように思っているのかが分からない面もあり、距離を置いているようだった。

秀二からは、K弁護士宛に事務的に回答があったが、「他の親戚の意向も聞きたい」と添え書きがあった。特に私と連絡を取りたいなどとはなかったので、私も連絡は取らなかった。正人と同じく、私も様子見で距離を置いておきたかった。母が秀二と生前どのようなやりとりをしていたのかも、不安材料だった。

ともあれ、相続人全員からお金で精算することに同意が得られ、K弁護士から遺産分割協議書をそれぞれに送付し、その後、私から相続人に遺産相当分のお金を振り込んだ。これが終わったのが翌年の三月下旬。四か月かかって父の遺産分割が終わった。それからやっと、家屋の名義変更手続きとなり、土地・家屋の登記変更が終了する。

土地・家屋の登記変更が終わったので、K不動産のT氏に連絡をすると、意外と早く遺産分割協議が終わりましたねとの感想をいただいた。遺産分割協議では揉めるケースが多いので、スムーズに終わってよかったと。確かにおっしゃる通りで、これが揉めて長引いたら、相続税支払い期限に間に合わない恐れもあった。支払期限は二〇二三年五月なので、ぎりぎりセーフだった。

余談だが、T氏から、登記変更が終わったら法務局に公示されるので、いろいろな不動産業者からDMなど営業がかかってくるから無視してくださいと言われていた。確かに、公示後すぐに、実家の地元の大手不動産会社支店からDMがいくつか届いた。

T氏のところでは、ゴミも丸ごと売却してもらうことになっていた。他不動産会社ではそこまで便宜を図ってはくれないし、一般の売り出しではいつ売れるかも目途が立たないことなどから、他不動産会社からの営業は無視をした。これが正解だった。

相続税計算で叔父の勘違い

相続税の計算は税理士にお願いしていたが、いろいろ書類を提出したり煩雑だった。

税理士からは、叔父が母の生命保険金を受け取っており、それにも相続税がかかるので、私と一緒に手続きをした方がよいとアドバイスを受けた。

叔父にそれを伝えたら、最初は「介護保険料に影響するから、これ（生命保険金）はもらったのではなく、預かっているだけ」の一点張り。話にならないので、「自分で手続きをするのですね」と切り上げた。税理士からは再三、一緒に手続きをした方がよいと言われたが、叔父が脱税をもくろんでいるようにも見えたので、「自分で手続きするそうです」とだけ伝えた。

そのうち叔父から連絡があり、「自分で調べたが、一三〇〇万円までは非課税になっている。保険会社に聞いても、加入時は非課税と言っていたのに、今は言葉を濁してはっきりしない」

と言ってきた。確かに、ネットや相続関係の本で調べても、叔父の言う通りのことしか載っていない。しかし、税理士からは相続税がかかると言われていたので、再度、税理士に確認すると、「法定相続人は非課税だが、叔父は法定相続人ではないので相続税がかかる」とのことだった。そして、叔父が介護保険料に影響すると心配していたので、それも聞いてみたら、「相続税はそれ単独で完結するので、介護保険料には影響しない」とのことだった。素人判断ではいけないと思った。

叔父もまた、確定申告相談などで、保険金の取り扱いを聞いてきて、叔父単独では手続きができないと知り、焦って連絡をしてきていたのだった。早速叔父に伝えると、一緒に手続きをしてほしいとのことだった。疑問が生じたら、すぐ聞くことが大切だと痛感した。

紆余曲折の末、五月初めに相続税の支払いも終えることができ、相続税の納付期限に間に合った。

実家の売却

相続税も払い終わったので、K不動産のT氏に売却手続きを進めてもらうことにした。

T氏から地元のいくつかの不動産会社にあたりをつけてもらい、三社から買取価格と条件が提示された。ゴミ丸ごと引き渡しで、買取価格の一番高かった不動産会社に決めた。

T氏やNPO団体K理事長とも一緒に仕事をしている司法書士の先生に契約手続きをしてもらい、六月中旬に売却完了となった。

売買契約書はごく普通のものだったが、特約事項で、ゴミの処分等々で売主に責任がいかないように定められていた。これは、長年そのようなケースを取り扱ってきたK不動産のノウハウの賜物だと思う。

さらにT氏は、私に内緒で、K不動産で実家内のゴミ処分を進めてくれていた。買主から、なるべくゴミは減らしておいてほしいと言われていたそうだ。私に「内緒」で行ってくれていたゴミ処分だったが、近所の人から、「無人の家の灯りが点いている」と警察に通報されてしまい、事の顛末が分かってしまった。T氏の心配りには感謝しかない。また、ご近所の方が見守ってくださっていたことにも感謝。子供の頃から母の悪口を聞いて、「近所の人は信用できない」と洗脳されてきたが、そんなことはなかった。確かに、いろいろな人が住んでいるが、母の白黒思考での決めつけではなく、それなりに対応して暮らしていくのが「ご近所付き合い」なのだと今なら思える。

あれほど忌み嫌っていた実家だが、いざ売却してしまうと、えも言われぬ喪失感が湧き起こってきた。

別にそこに帰ろうとも思わなかったし、必要な物は若い時に持ち出していたのに。売ってしまうと「あれもあったな」と、実家に住んでいた頃に持っていた本やレコード、自分の描いた絵や賞状や盾などを思い出してしまった。荷物をゆっくり選別して整理する時間もお金もないし、実家にあるものを持ってきても置く場所もないので、「丸ごと捨てる」を選択したのに、気持ちの上では、プチ喪失感が湧き起こった。

自然な感情だとは思うが、たぶん、私にまだ「執着心」があったのかもしれない。断捨離で捨てるべきものの一つに「執着心」がある。たぶん、それだろう。

でも、もう世間一般で言われる「実家に帰る」必要もなくなり、もし「実家には帰らないの？」と聞かれても、「実家は、もうないので」と答えることができる。

世間一般では、盆暮れ正月には実家に帰ることが「当たり前」のように思われているが、親子関係に苦しんでいる身では、それが一番苦しいことだった。実家に帰らないことが「親不孝」と言われてしまう。そんな文化や社会背景が、苦しんでいる人をさらに追い詰めてしまう。世の中は円満な親子関係を築いている人ばかりではないと、思いやってほしい。

自分を取り戻す

「私は機能不全家族で育ったAC（アダルトチルドレン）」と冒頭で書いた。そのために、「共依存」でもあった。他人の目が気になる、他人のことが気になる、自分のことはほったらかし、自分の気持ちが分からない等。そのためにいつも生きづらかったし、適応障害も起こしてしまった。

親への決別の手紙を出してから、ACを支援する場につながり、自分が受けてきたことが心理的虐待であることを知り、自他境界線があることを知り、自分の感情を言葉に出すことを知り、共依存を自覚し、人間関係の取り方を学び、楽しい記憶を積み重ねて嫌な記憶に上書きし……。健全な家庭であれば、自然に身に付くであろうことを、私はお金を払って、学んで身に付けていった。

グループカウンセリングもそうだが、たまたま私の好きなことがたくさんある場にもつながることができ、音楽や絵画を再開することができた。

母の死後のあれこれの手続きも、一つ一つやっていけた。

今は、自分がやりたいか、やりたくないかで決めることができるようになった。嫌なことは嫌だと言えるようになってきた。逆に、相手への感謝の気持ちも言葉にできるようになってきた。

実家整理で、あまりにも物の多さ、溜めこみを見て、自分も同じパターンで生活していると、第三者の目で見ることができた。断捨離の「空間の心地よさ」を実感することができた。

何よりも母の生き方を見て「執着心を手放す」ことを学んだ。執着心を手放して、大きな力（ハイヤーパワー）に任せれば、何事もうまくいくようになってきた。無理に自分でコントロールしようとすればするほど、生きづらくなったり、事態が悪化したりしていたのだと気づかされた。自分だけでどうにかしようとせず、必要な時は他人の力を借りる、断ることもできるようになってきた。

これからは、ありのままの自分で、楽しく生きていきたい。

私が私を取り戻すために力を貸してくださった皆様や、母のことに関して力を貸してくださった皆様に、ここに感謝をします。

著者プロフィール

友乃 美雪（ともの みゆき）

1964年、関西地方で生まれる。大学時代を東北地方で過ごし、関東地方で就職、結婚。37歳の時に、『毒になる親』（スーザン・フォワード著、2001年、講談社）を読み、AC（アダルトチルドレン）と自覚する。親への断絶の手紙を書き、相談機関につながり、株式会社アスク・ヒューマン・ケア（現特定非営利活動法人ASK事業部アスク・ヒューマン・ケア。現在は、相談業務は行っていない）で個人カウンセリング、グループ・カウンセリング、セミナー等を受ける。それらと併行して、AC関係や児童虐待に関する書籍を読み、セミナー等にも参加する。アスク・ヒューマン・ケアの組織改編後は、HRI（Healing and Recovery Institute）のカウンセリングやセミナーを受ける。現在は、HRIと連携している一般社団法人Recovering Mindsのグループセラピーやセミナーを受け、ACの回復に今も取り組んでいる。

お母さん、死んでくれてありがとう 自分を取り戻す旅

2024年３月15日　初版第１刷発行

著　者　友乃 美雪
発行者　瓜谷 綱延
発行所　株式会社文芸社
〒160-0022　東京都新宿区新宿１－10－１
電話　03-5369-3060（代表）
03-5369-2299（販売）

印刷所　図書印刷株式会社

ISBN978-4-286-24679-6